황금을 찾아서

황금을 찾아서

최금진 시집

창비

차 례

산꿩이 우는 저녁

싸이나를 먹은 꿩들이 밭둑에 자빠져 있는 걸
소쿠리에 주워담는다
고모부가 나에게 근본도 없는 놈이라고 한 말은
저녁에 먹을 꿩고기를 생각하면 아무것도 아니고
약을 먹은 산꿩들이 아무렇게나 처박혀 누워 있는 저녁
슬픔이란 것은 태초부터 저렇게 맥없이 누워 있어
겨우내 쌓인 눈 위에 싸락눈은 내리고
굵은 꿩들이 숲속 어디에 숨어 이쪽을 내다보는 저녁
콩알 같은 불빛 한 점 찍어먹으며 누구나 견뎌야 하는데
아버지는 어째서 견디지 못했나
약을 먹고 넘어간 동공에 어린 나를 가득 담았을 것이나
결핍이 얼마나 채찍처럼 사나운지 아버지는 몰랐을까
아직 숨이 붙은 꿩은 깡충깡충 갈잎을 물고 달아나고
그 뒤를 따라가 나는 발로 걷어찬다
놈이 살았다면 커서 황홀한 날개의 장끼가 되겠지
애비도 없이 자란 나는 밭둑에서 꿩을 줍는다
숨이 끊어질 때 죽음은 싸이나처럼 몸에 황홀하게 퍼졌
을까

인간과 꿩 사이에 언제까지나 이런 장면들이
반복될 거라는 사실을 나는 어떻게 알았을까
할머니가 캄캄한 눈으로 마당에 나와
내 소쿠리에 가득 든, 피 토하고 죽은 산꿩을 뺏어들고
연기 나는 부엌으로 들어가듯이
고모부가 변소에서 나오다가 싸락눈을 받아먹는 나를 욕
하고
절름거리는 다리를 앉히고 꿩의 깃털을 벗기듯이
굴뚝으론 할아버지 앓는 기침이 하얗게 새어나가듯이
멀리서 꿩들이 꿩꿩, 제 이름을 부르며 우는 저녁
나는 머리를 오동나무에 대고
왜 이 모든 풍경들이 내 몸으로 흘러들어오는지가 궁금
했다
해마다 눈은 내릴 것이고 꿩들은 배가 고플 것이고
나는 죽은 아버지 함자를 까먹지 않기 위해
손톱을 세워 나무에다 새겨넣었다

원룸 생활자

국화 한 뿌리 심을 데 없는 가상의 땅에 전입신고를 하고
라면을 끓여먹다가 쫄깃쫄깃한 혓바닥을 씹는다
파트타임 일용직, 조각난 채 주어진 어느 휴일 아침엔
거울을 보며 낯선 서울 말씨를 연습한다
화분에 심은 쪽파는 독이 올라 눈이 맵고
빛이 안 드는 창문엔 억지로 한강의 수로를 끌어들인다
실업수당도 못 받은 개나리들이 대책없이 황사 속으로
출근할 때
누런 걸레 같은 목련이 창문을 닦아내느라 팔목이 홀쭉
하다
우리 내일도 만나세, 경로당 노인들은 녹슨 철사 같은 몸
으로
오늘의 악수를 내일의 화투짝에까지 잡아보지만
경제적 가치가 없는 것은 사회복지사의 일일 뿐
저녁이면 강에 나가 돌을 던진다
돌멩이가 날아가 떨어지는 지점마다
정신착란의 야경 불빛들이 벌떡벌떡 일어나 앉는다
정부의 면죄부가 가끔은 공짜 쿠폰처럼 발행되어도 좋을

텐데

　투명한 유리컵에 양파를 심으면

　이렇게 독거노인으로 살다 죽을 것 같은 노후가

　가느다란 실뿌리처럼 아래로 자라는 걸 본다

　땅속으론 지하철이 무덤 같은 터널을 돌아다니고

　휴대폰에 뜨는 대출 메씨지를 지우다가 모르고 자신까지
지운다

　종로에 사과나무를 심자고 노래했던 가수는 곧 환갑이고

　사과 한 알씩을 모두에게 나눠준다면 그는 시장이 될 것
이다

　오래 묵은 기침은 구겨진 빨래처럼 방바닥에 쌓이고

　희망은 결국 자기암시일 뿐이라는 캄캄한 결론을 베고
누우면

　꼭 불 꺼진 성냥개비 같을 것이다, 원룸

로또를 안 사는 건 나쁘다

로또가 얼마나 끔찍한 악몽인지
로또방에서 만나는 사람들은 서로 눈을 마주치지 않는다
끝자리를 분석하거나 홀수 짝수를 조합하는 일은
여느 사무직과 다르지 않다
왜 사느냐,를 왜 로또를 사느냐,로 이해해도 무관하다
이 늦은 밤에 왜 또 여기로 왔는가,
자신에게 돌아오는 질문을 쓰레기통에 구겨넣으며
덜덜 떨리는 손으로 번호를 찍는다
로또를 사지 않는 10%의 고소득층은 얼마나 좋을까
로또를 사지 않아도 천사가 지켜주니까
왜 사느냐,를 묻지 않아도 되니까
오십이 넘은 사내는 누가 볼까봐 손을 가리고 찍는다
술냄새에 절어 들어온 사내는 앉자마자 묵상을 한다
갓 스물을 넘긴 청년은 줄을 서지 않는 자들을 무섭게 흘
겨본다
순서를 어기는 것은, 누군가 자신을 앞서가는 것은
견딜 수 없이 우울한 일
집착은 때 묻지 않은 종이와 같아서

싸인펜을 쥐고 있으면 또 한번 막막해진다

예수님을 부르고, 조상님께 기도하고, 아이 생일을 떠올리며

답할 수 없는 질문에 답이라도 달듯

쩔쩔매며, 굽실거리며

두툼한 돈뭉치를 한번이라도

멱살처럼 움켜잡아보고 싶은 자들에게

왜 사는가, 왜 로또를 사는가, 묻지 말자

로또를 안 사는 사람들은 심각하게 죄질이 나쁘다

그게 비록 종잇조각에 불과할지라도

뭔가를 간절히 빌어본 적이 한번도 없기 때문이다

꼭 당첨되세요, 주인 남자의 빈말은 그 어떤 복지정책보다 낫고

코미디 프로는 복권 추첨 프로와 같은 시간에 나오며

주말이면 사람들은 어김없이 로또방 앞에 길게 줄을 서서

감당할 수 있을 만큼의 절망을 배당받는다

주위를 흘긋거리며, 헛기침을 하며, 창밖 사람들을 노려보며

12월

그해 겨울 우리는 이불을 덮어쓰고 잠만 잤다
TV에서 돋아난 털이 바닥에 수북이 쌓였지만
벽 위의 오래된 낙서처럼 즐거웠다
창밖에 소문처럼 몰려오는 눈을 집어타고
우리가 눈 속에 일부러 잃어버린 손수건을 찾아 헤매기
도 했다
한없는 가벼움을 부풀려 그 힘으로 날아가는
눈송이들을 좇아 길을 잃어도 좋았다
귓속으로 동공으로 따뜻한 신음을 쏟는 눈
졸린 햇빛을 불러 아무때나 잠 속을 들락거릴 수 있었다
우울도 불안도 금세 순한 갈기의 밤이 되었다
꿈속에선 베개들이 강물 위를 떠다니다가 얼어붙었다
품속에 저혈압의 뻐근한 머리를 묻으면
찬찬히 깨지는 살얼음
몽롱한 아침 속에서 우리는
간밤의 꿈을 캐어 억지로 해몽하기도 했다
용서해야 할 일과 용서받아야 할 일들이 빨래처럼 자꾸
쌓여갔고

벽지에 번지는 곰팡이라도 정을 주며 키우고 싶었다
애벌레처럼 딱딱한 아침을 조금 갉아먹으면서
우리는 마주보고 웃었다
월급날 슈퍼에서 라면 한 박스를 사고, 담배를 사고
따로 돌아누워 콜록거렸다 가끔은
그렇게 두 개의 불 꺼진 방이었다
스위치가 없는 화장실에 앉아 몰래 흐느끼기도 하면서
 행복하다, 행복하다, 사라지고 없는 얼굴을 씻고 또 씻
었다

황금을 찾아서

은율, 재령, 남아프리카공화국 그리고 엘도라도를 생각
하면
　우리집 마당도 금 뿌리 가득한 어느 만석꾼의 밭인 것만
같다
　그러면 식탁에 달랑 올라온 김치와 밥으로 때우는 저녁
상도
　푸짐한 금빛으로 넘치고
　내 이름의 '金'자도 왠지 거부(巨富)의 돌림자 같기만 하고
　설핏 든 잠은 스페인 사람들이 믿었던 엘도라도로의 통
로라는 생각
　어쩌면 개미들이 기어다니는 허물어진 방바닥 귀퉁이를
　숟가락으로 파볼 일인지도 모르는
　어젯밤 뜬금없는 누런 똥꿈을 자꾸 왕관처럼 머리에 썼
다가 벗으며
　할아버지 화장터에서 주워온 금이빨을 고모는 어디에다
썼을까 하는 생각
　금반지 한 돈 물려받지 못한 처지를 비관으로 몰고 가지
않으려면

어쩔 수 없이 다시 파보는 누리끼리 낡고 오래된 금에 대한 몽상

나에게도 금광이 있으면 좋겠다

금지옥엽 길러서 금의환향하는 자식 생각과

적어도 금전 걱정은 없어야겠다는 새해의 새로운 각오를
파묻어둘

토요일마다 로또방을 기웃거리지 않아도 좋을

은율, 재령, 남아프리카공화국 그리고 엘도라도

감나무에 걸리는 햇살, 그 아래로 사금이 줄줄 흘러내릴
것 같은

벽에다 똥칠을 해놓고, 이게 다 금이다, 넋을 놓아버린

할머니는 행복한 연금술사

일생에서 한번만 더 길몽을 만난다면 나도 아버지처럼
노름이나 배울까

금값이 올랐다는 뉴스를 보면 억울하고 또 반갑다

내일은 토요일, 복권은 여덟시까지 팔고, 일주일은 그렇
게 그냥 가고

저녁별들은 황금빛을 쩔렁거리며 빛난다

달의 거주민

달 속에 사는 사내가 있다
자기가 떨어뜨린 폐지나 고철을 몸통에 주워넣으면서도
뭔가를 또 흘린다
사다리를 놓고 달까지 올라가 방문을 열고 두리번거린다
거기가 제집인 걸 알면서도 모르는 척하는 건지
자꾸 주인을 부른다
산목련이 지는 저 아래 늙은 메아리가 살고
그 메아리는 후두암에 걸려 말을 하지 못한다
사람들에게 늘 똑같은 말을 해주면서 일생을 살았던 것
각자가 원하는 대답을 들려주는 것은 매우 어려웠던 것
감출 것이 없다는 것을 보이려는 시늉처럼
사내는 두꺼운 외투를 벗어
못 하나 없는 벽에 건다, 그리고
잠들어야 할 이유가 생각날 때까지
차곡차곡 폐지를 펴서 쌓는다
지구에서 날아온 날개 꺾인 비둘기들에게 모이를 주고
하나뿐인 외등을 끄고 나면
사내는 비로소 환해진다

찔레덩굴 같은 어둠이 달의 밑동을 감아올라가고
전에 알고 지내던 사람들의 불 꺼진 집에 손인사를 하고
낮에 기억해두었던 까다롭고도 단순한 규칙들이
어딘가 녹슬어가는 밤
골짜기 저 아래로 돌들이 굴러떨어지는 소리가 들린다
사내는 문득
세상이 너무 시끄러워졌다는 생각이라도 든 모양
벌떡 일어나 주섬주섬 자신의 집을 신문지에 싸기 시작
한다
따라오는 사람도 없는데 자꾸 뒤를 돌아보면서
커다란 벽과 창문을 떼어 어깨에 짊어지고
달의 반대편으로 걸어간다
사내가 아껴두었던 깨끗한 백지 몇장이 둥실, 달 표면에
떠가고
누구도 사내의 죄를 물은 적이 없다
우리는 사내가 도대체 무슨 생각을 하는지조차 모른다
하지만 사내는 분명 흐느끼고 있었다

서울을 떠나며

익사한 귀신들이 몸을 말리며 비둘기처럼 앉아 있는
천호대교를 소떼가 걸어간다
동서울터미널에 수년간 묵은 사내의 등짝을 개간하여
백원짜리를 파종하던 착한 손들도 쉬는 겨울인데
한기가 버스 노선마다 쌩쌩 돌아다니는데
갈아엎을 것이라도 있는 듯
저희들끼리 무슨 연합, 무슨 단체라도 조직한 듯
소들이 발길질로 아스팔트를 툭툭 걷어차면서
녹슨 난간과 굴러다니는 비닐봉지들을 굵은 이빨로 씹으
면서
우엉, 우엉, 저희들의 우둔한 모국어로 뭔가를 항변하고
있었다
길마도 없고 채찍질도 없는데
이랴, 이랴, 등짐을 부리는 마름도 지주도 없는데
한 해 사천팔십 가구가 저렇게 도시를 떠났다는데
그리운 벚꽃과 화염병과 아름다운 게이들은
고시원에서 수박처럼 숨어 해마다 빨갛게 속이 익어갈까
경전처럼 새겨놓았던 표준어들이 여전히 벽지에서 암송

되고 있을까

　간절히 원하던 것들의 성지였던 서울이여

　기도가 돈다발이 되어 쏟아질 것 같았던 낙원이여

　최장 노동시간에 적응한 소떼가 육차선 대로를 횡단한다

　당신의 능력을 보여주세요,가 꼬리에 끈질기게 따라붙

는데

　그런 애정결핍의 말들은 탁탁 꼬리로 쳐내며

　알렉스 헤일리의 소설에 나오는 노예들처럼 떼를 지어

　터미널에서 김밥으로 점심을 때우는 나를 보면서

　여기서 뭐 더 해먹을 게 있냐고, 여기서 뭔 꽃 한 포기 보

겠냐고

　아메리카물소떼가 급류 속을 헤엄치며 전진하듯이

　이십층이 넘는 건물들을 어깨로 툭툭 밀치면서

　해볼 테면 해보라는 듯이

　고향에 가면

　아무도 살지 않는 폐가가 마당을 내어놓고 기다린다고

　냉이와 지칭개가 땅속에서 잔뜩 올라오고 있다고

　캐먹다가 캐먹다가, 그것조차 안되면

그땐 제 몸의 살코기라도 발라내어 정육으로 내놓겠다는 듯이

피곤으로 단련된 살덩이와 가죽들이 서울을 뜨고 있다

거기도 살긴 마찬가지라고, 가봐야 농협빚이나 잔뜩 지게 될 거라고

牛, 牛, 울 수 있는 자유마저 잃어버릴 거라고

바리케이드라도 치면서 붙잡는 놈이

그러나 단 한 놈도 없다

오늘의 일과

　잠을 깨기도 전에 후박나무 이파리 떨어지는 소리를 듣
는다
　오늘은 빌려준 돈을 받으러 어딜 다녀와야 하고
　나보다 훨씬 더 행복한 사람에게 그간 연락 못 드렸다고
잘못을 빌어야 한다
　나에겐 용서받을 권리가 없다
　이사를 하면 저놈의 불면증을 싹둑 잘라버려야지
　나는 후박나무의 고민이 만드는 그늘 아래 누워 있다가
외출을 하고
　돌아와서는 억지로 텔레비전을 보는 것이 가장 행복하다
　작년과는 전혀 다르게 살고 싶었지만
　아침에 일찍 일어나면 여지없이 젤리처럼 말랑말랑한 두
통과 악몽이
　뒤통수에 달라붙어 있고
　오늘은 더 좋은 일자리를 위해 나의 결격사유를 고민해
야 한다
　저를 받아주세요, 저를 당신의 수족으로 삼아주세요
　세상엔 이런 자질구레한 소원을 근엄하게 거절할 줄 아

는 사람들이 많다

　그들은 모두 망가진 하모니카처럼 빽빽거리며 함부로 과
거를 연주한다

　내 몸을 숙주 삼아 분노와 질투를 먹고 사는 이 후박나무
는 암컷이며

　돈을 빌려간 사람이 끝내 안 갚는다면 나는 이번엔 단단
히 혼을 내줄 것이다

　감옥에 갈 수도 있다고 다짐한다

　내가 무섭다고 중얼거리는 어머니는 나보다 돈을 더 무
서워한다

　오늘은 이삿짐쎈터에 전화를 걸어야 하고

　밀린 공과금을 내야 하고, 훔칠 수 있다면 보석 같은 별들
을 훔쳐야 하고

　지난겨울엔 운이 나빴습니다, 밭에서 겨울 까마귀를 자
주 보았거든요

　손해를 안 보기 위해선 보다 더 뻔뻔해져야 하고

　후박나무의 들숨 날숨 속에 숨어 건너오는 집주인은 밀
린 집세를 감시하고

어머니는 또 동네 구멍가게에서 눈치를 보며 나를 지불해야 한다

그래도 감사한 건 신께서 나를 방관한다는 것, 용서를 빌 일이 많지만

공짜로 얻는 건 왠지 죄짓는 것 같아서 이젠 교회에 나가지 않는다

이놈의 후박나무는 이사하면 당장 뽑아버려야지, 그러나

각오와 결심이 무성한 건 영양결핍 때문이란 걸 후박나무는 알고 있다

위장병에 좋다니까 차가운 느릅나무 물을 냉장고에서 꺼내 마신다

쓰리다, 나를 무시하면 그 어떤 놈도 용서하지 않을 것이다

천원짜리 지폐 몇장 들고 서 있는 후박나무의 빈 지갑을 모르는 척하고

나는 오늘도 사람들이 나무숲처럼 만들어낸 빽빽한 웃음의

그 컴컴한 터널 속을 걸어가야 한다

닭

양계장 백열등은 등대 같고, 아침엔 씩씩한 선원처럼 나
갔다가
저녁엔 그저 한 뭉치 고깃덩어리가 되어 돌아오지요
길은 거기서 거기란 사실에 대해 우리 지도자는 일찍이
모든 길은 감옥으로 통한다고 말씀하셨지요
주인 영감은 매일 똑같은 시간에 모이를 주고요
그 아들은 매달 같은 날짜에 나타나 살림을 깨부수지요
팔과 다리를 잘라놓으면 꼭 치킨 같은 이들이
아침이면 아파트 칸칸에 서서 체조를 하지요
날개 없는 자들의 해탈을 위한 오랜 수도법이거든요
제 삶은 비교적 모범적이라 계란으로 바위치기란 말은
더는 아프지도 않고 또 행복하지도 않아요
안쪽에 불을 켜놓으면 바깥이 안 보이는 양계장
무사안일을 쪼아먹다 보면 저절로 살이 찌고
폐계로서의 운명을 따르는 것도 진정한 승리의 쟁취라고
벼슬 높은 우리의 지도자는 그렇게 말씀하셨지요
주인 영감은 안락한 노후를 위해 닭을 팔고
아들은 술값을 위해 영감의 주머니를 털지요
강한 놈이 살아남는 법이니까

오늘 포박되지 않으면 오늘 또 모이를 먹을 수 있지요
네모난 철망 속에서 우리는 아무 근심도 하지 않아요
취침시간엔 긴 나팔들이 우리를 안고 젖을 먹여요
잠을 자야 하니까요, 꿈을 깨면 우리가 닭대가리란 게 보
이니까요
꿈에선 하늘을 나는 꽁지가 화려한 새이지만
감옥을 뛰어넘을 만한 절망이 우리에겐 없어요
날아야 할 이유도 없고, 날 수 있는 것도 아니니까요
어차피 아침은 오고
어쩌면 이게 마지막으로 보는 해가 될지도 모르지만
저 해는 우리 선조들이 낳은 거래요
부화되지 않는 그따위 전설을 믿어도 손해 볼 건 없어요
우리들 모가지가 한 트럭 잘려나가도 새벽은 오고
사람들은 높은 데 올라가 목청껏 노래하길 좋아하지요
날개의 퇴화가 어떤 면에선 바람직한 진화일 수 있다고
우리의 지도자는 그렇게 말씀하셨어요
나는 또 알 낳으러 가요, 우리가 낳는 알들은 눈과 귀가
없어요

머리카락 종교

방 청소를 하다가 머리카락을 주워 화장지에 싼다
혼자 있으면 미신에 집착하게 된다
전쟁터에 나갈 때 손톱과 머리카락을 잘라 집으로 보내는
사람들의 오래된 습관은 그래서 쓸쓸하다
머리카락을 몇가닥 뽑으면 낫는다는
누군가의 엉뚱한 두통 처방을 나는 믿는다
여자들도 실연당하면 머리를 자르니까
쌍가마라서 장가를 두 번 갈까봐
자꾸 내 머리를 뒤로 쓸어넘기시던 할머니와
똑바로 눕히면 돌아눕는 고집 센 나를 업고 다니셨다는
죽은 아버지의 근심을 받아먹고
그렇게 내 머리카락도 자랐을 것이다
잘 안 드는 가위로 싹둑싹둑 덥수룩한 그것을 끊어내신 후
신문지에 싸서 묵정밭 언저리에 심으시던
할머니의 이상한 신비주의는
나이가 들수록 자꾸만 더 신비해진다
안데스의 건조한 땅에서 발굴한 인디오 시체는
누군가의 갸륵한 걱정을 받아먹고

머리털이 푸르게 돋아 있었다
깨끗한 편지봉투가 있다면
나도 수북이 빠진 내 머리카락을 담아
주소도 없는 편지를 띄우고 싶다
죽은 자들의 염려와 근심이 만든 물활론 속에서
보리싹처럼 푸르게 싹이 터 있을
내 머리카락들 곁에 누우면
편두통의 딱딱한 뒤통수도 좀 느슨해질까
어여쁜 눈으로 나를 내려다보실 할머니와 아버지가 되어
머리카락들을 티슈 위에 올려놓는다
극진하게 나를 모신다, 머리카락을 모신다

빗살무늬토기를 생각하다

아무도 몰랐지만 철거민들은 빗살무늬토기를 빚고 있
었다

페인트로 붉은 가위표가 칠해진 하늘에

가파른 빗금을 그으며 유성들이 떨어졌고

임신한 여자들 뱃속엔 뾰족한 고대의 토기 파편이 자라
고 있었다

단도로 몸에 칼금을 넣는 전사들처럼

손에 잡히지도 않는 일을 마치고 돌아온 가장들의 담뱃
불에선

알 수 없는 쾌감이 일기도 하였다

'전쟁'이라는 말에 붉은 끈들이 질끈 동여매어져 있었고

입을 다물면 석유와 시너 냄새가 울컥 올라왔다

깨뜨리면 그대로 깨어지고 말 얼굴들이었다

동굴 같은 반지하 셋방을 나와 골목을 돌다 보면

사람도 개도 아닌 늙은이들이

두꺼운 털옷을 몇겹씩 껴입고

두려운 얼굴로 젊은이들이 빚는 토기를 바라보고 있었다

간절히 깨져버리고 싶은 욕망을 견디며 삼한사온의 겨울

이 가고 있었다

　동네를 떠나는 사람들이 탈탈 긁어 보여준 보상금은

　탄화된 볍씨 몇개였다

　몽둥이나 돌멩이 같은 가장 원시적인 도구들이 무기로
사용되어도

　괜찮을까요, 구청과 경찰과 용역회사는 빙그레 웃었다

　값도 안 나가는 골동품의 가치를 따질 필요는 없었을 것
이다

　오직 부서지기 위해, 박살나기 위해

　쓸모없는 질그릇 몇개가 옹기종기 양지바른 곳에 놓여
있었다

　그것이 흙덩인지, 사람인지, 토우인지 전혀 구별이 되지
않았다고

　처음 불을 던졌던 사람은 그렇게 생각한 듯했다

　유력한 한 정치가는

　TV에 나와 헛기침을 하며 자꾸 손으로 입을 가렸다

　불구덩이에 앉아 방화로 추정되는 불을 끝내 견뎌야 했
던 사람들 몸엔

함부로 빗살무늬가 새겨져 있었다

채찍자국이었다, 그것이 자신에게 가한 것이었든 신의
징벌이었든

그해 겨울, 깨진 질그릇 조각들이 밤하늘 가득 별로 떴고

그것을 만든 자가 비록 옹기장이였다 해도

옹기를 깨뜨리는 것은 월권이었다

지금은 사라진 한 원시부족의 일이지만 말이다

장미의 내부

벌레 먹은 꽃잎 몇장만 남은
절름발이 사내는
충혈된 눈 속에서
쪼그리고 우는 여자를 꺼내놓는다

겹겹의 마음을 허벅지처럼 드러내놓고
여자는 가늘게 흔들린다

노을은 덜컹거리고
방 안까지 적조가 번진다

같이 살자
살다 힘들면 그때 도망가라

남자의 텅 빈 눈 속에서
뚝뚝, 꽃잎이 떨어져내린다

최후의 늑대

그의 목에는 톱날 같은 소름,
바람이 불 때마다
아흐! 살고 싶어 갈기가 돋는다

사타구니 사이로 달랑거리는
홀쭉한 불알 두 쪽 꺼내놓고 앉아
그는 허기진 입을 쩝쩝 다신다
어쩌다 따뜻한 가죽 코트의 무리에서 떨어져나와
곡소리 같은 노래를 공중에 띄운다

그러나 짖어대는 건 울음이 아니다

그는 젖은 혓바닥을 내밀어 눈알을 씻는다
얼굴 속에 박힌 두개골이 훤하게 얼비치는 달밤
개 같은 비루함의 날들은 물어뜯지 못하고
뭉턱뭉턱 털갈이하듯 달빛이 쏟아진다
제 꼬리를 물고 춤추는 달무리
그 둥근 울타리들이 만드는 경계의 바깥에서

그는 떠돌아다닌다

허옇게 털가죽을 뒤집어쓰고
자작나무 잎사귀들은 푸른 발톱을 반짝거린다
아흐!
살고 싶어 살기가 돋는다

굶주린 뱃속에 허기가 바닷물처럼 들끓어오르고
그의 눈알은 자꾸 붉어진다
아무데도 정착하지 못한다

아흐! 그런데도 짖어대는 건 울음이 아니다

분지

분지에서 태어난 이들은 오목가슴이어서
한번 품은 것은 놓지 못한다
산과 산이 만든 그들의 가슴 고랑에 침엽수가 자라고
뾰족한 잎을 더 뾰족하게 만드는 겨울을
어떤 성실함도 없이 버틴다
기차를 타고 멀리 떠돌다가 아무도 몰래 혼자 돌아와
누구는 건달이 되고, 누구는 홀아비가 되어
예의도 없고 법도 없는, 잔뜩 날이 선 자가 된다
분지에선 고이거나 썩는다
신호등을 맘대로 건너고, 노인한테 반말을 하고
분노를 가래침처럼 삼키며 눈알을 부라린다
분지의 여름은 지독히 더워서
귀신들도 젯밥을 먹으러 오지 못한다
소문은 사실이 되어 물줄기처럼 마을로 흘러들고
시커먼 아이들이 거리를 석탄덩이처럼 굴러다닌다
길거리 유리창을 함부로 깨거나
깨어지는 자신을 보면서 낄낄거린다
시커먼 구덩이처럼 속을 안 보이는 사람들끼리는

안부를 묻지 않는 것이 에티켓이다
거기서 거기인 중앙로를 시내 복판에 두고
작년에 깡패였던 자는 올해도 깡패고
작년에 날품을 팔던 자는 올해도 일거리가 없다
도시로 떠났다가 고개를 들고 보면
커다란 마을의 산맥들이 먼저 알고 바라본다
겨울은 지독히 길고 또한 춥고
다 닳은 신발로 미끄럼을 타면서 한 떼의 사내들이
중앙동 옛날식 낡은 다방에 모인다
늙은 레지가 내미는 욕설과 농담은 아무리 더듬어도
부끄럽지도 않고 재미있지도 않다
누구를 만나도 반갑지 않고
어떤 충고를 들어도 위로가 되지 않는다
마을엔 호수가 있어서 안개가 끼고
안개에 숨어 흘러들어온 것들은 폐수처럼
고인다, 다 썩는다, 분지

그 먼 나라
어느 불행한 가족 이야기

앞으로도 오래 맛볼 수 없을 테니 실컷 맛보라고
주말엔 황제뷔페에 가서
잠시 졸음처럼 왕족이 되어보는 어느 가장의
그 먼 나라는 일인당 팔천원입니다
아이들은 한반도를 걸어 지구를 탈출할 계획입니다
어려서부터 주인집 눈치를 보며 자란 탓에 사랑스럽습
니다
똬리를 틀고 햇볕을 쐬러 나온 봄날 구렁이는
실은 제 목을 조이는 중입니다
집 나간 어머니는 경로당에서 숙식을 하며
점 백 화투에 처음 오르가즘을 느낍니다
국가가 없는 보트피플처럼
나는 자꾸만 스스로 사나운 헌법이 되고자 합니다
당신과 내가 손바닥을 맞대고
가슴속으로 서로의 분노와 절망을 밀어넣어주던
그 먼 나라를 아십니까
과수원에 꽃눈이 터지고, 칼끝 같은 가지에서
붉은 꽃물이 뚝뚝 들던 봄날을

나무들은 어떻게 견뎠을까요

얼마 안되는 적금을 깨서 이십 킬로짜리 쌀을 사듯

살려주세요, 살고 싶어요,라고 말하는

어리고 선한 꽃들을 몇번이고 밟으며 건너야 하는

그 먼 나라에

미안하지만 나처럼 죄 많은 사람의 영토는 없습니다

황사바람 속에 매어둔 빨랫줄이

와이셔츠에 올가미를 만들어놓습니다

손에 쥐가 나서 떨어뜨리고 만

꽃들의 혈서로 전해진 편지가 세상엔 있는 법입니다

가지 못한 나라, 가면 돌아올 수 없는 나라

왜 아무도 우리가 처음부터

패전한 국가의 시민이라고 말해주지 않았는지를 물어야
하는

눈 없는 나라, 목 없는 나라

봄처럼 따스하고 무덤처럼 적막한 그 먼 나라

바퀴라는 이름의 벌레

사는 건 줄기차게 도망을 하는 것이다, 우리 가문의 가훈
이다
할아버지는 제 몸뚱이 하나만 달랑 지고
술항아리 속으로 달아나 가랑잎배 한 척 띄우다 가셨다
바람 빠진 바퀴와 녹슨 체인 소리를 내며 한강이 흐르는
서울
의식주가 아닌 식의주여야 하는 까닭을 깨닫느라
단벌 신사복 하나로 살아온 아버지는 항상 징그러웠다
월 이십만원짜리 셋방과 붙어먹은 후에 어머니는 서둘러
나를 낳고
사는 게 늘 팔차선 도로를 횡단하는 것 같았다고
재빨리 등을 보이는 버릇, 수준급이다
바닥까지 곤두박질쳤지만 우리는 바닥을 붙잡고 늘어
졌다
해고, 실업, 복수 따위의 낱말들을 타고 다니며
우리 가족은 그렇게 벌레가 되어갔다
아버지의 망가진 자전거 같은 걸 타고 오실 구세주는 없
었다

어머니 더러운 자궁에라도 다시 들어갈 수 있다면
하수구와 한강이 윤회하는 서울을 벗어날 수 있을까
어둠이 반들반들 코팅된 우리 같은 얼굴들이
박멸되었으면 좋겠다고 믿는 관료들은 돈을 지불해야
한다
애정결핍에 대하여, 스스로 벌레임을 인식하는 자의식에
대하여
초등학교 학력이 전부인 아버지는 다행히도 무책임하다
원룸의 막힌 수챗구멍에서 올라오는 썩은 냄새를
긍정하자, 새로 만든 우리집 가훈이다
아버지, 우리를 이런 볕도 안 드는 곳에 버려줘서 고맙습
니다
당신에게서 물려받은 벌레 형상을 껴입고 노동을 하고
오는 저녁
바퀴의 정체성은 끝없이 달아나는 데 있으니까
콘크리트처럼 굳은 발을 씻으면
이상하게도 달려가야 할 내일의 골목길이 식욕처럼 떠오
른다

먹이를 향한 재빠른 자세로, 엎드리거나 비는 자세로

달려나가는 바퀴의 마지막 진화는 벌레라는 걸

저녁을 먹고 누우면 시계소리는 어제보다 더 바닥에 가

까워지고

쥐며느리 같은 전철을 탄 사람들이

퉁퉁 부어오른 바퀴를 달고 집으로 돌아가는 밤

깨진 창문 밖으로 날아다니는 갑충 같은 별자리들이

한번도 가보지 못한 세계처럼 아름답다

소년들을 위한 충고

질풍로또의 시기를 피씨방에서 컵라면으로 때우는 소년
들아

너희도 어른이 되면

치킨이나 피자를 사들고 귀가하는 가장처럼 로또를 사고

지방이 잔뜩 끼어가는

늙은 간처럼 통증도 없이 그렇게 삶을 버텨라

아침마다 거울에 비치는 뚱뚱하고도 비겁한 웃음을 사랑
하며

아무 일도 일어나지 않는 주말엔

야구장이나 볼링장에 가지 말고

서둘러 잠을 챙겨 캄캄한 침대를 타고 길몽이나 찾아 떠
나라

질풍로또의 시기를

한밤의 도로에서 오토바이로 무단횡단하는 소년들아

너희도 취직을 하고, 결혼을 하고, 아이를 낳고

어느날 늙어가는 것 외에 더는 진보하지 않는 세월을 만
나거든

온힘을 다해 로또를 배우거라

나이 든 노인들 앞에서 겸손히 배우지 말고
보수주의자가 되어버린 동무들과 몰래 배우거라
저녁에 퇴근하면 네 처에게 키스를 하고
이혼서류처럼 오늘의 희망을 천천히 낭독해주고
신문에도 안 나오는 오합지졸 가족들을 데리고
한번 가면 다시 못 올 것 같았던 그 먼 꿈속을 또 여행해
도 좋다
깨진 병조각으로 손바닥에 성공선을 새기거나
비닐봉지에 본드를 짜서 망각을 흡입하라는 얘기가 아
니다
커터칼과 드라이버밖에 없는 네 미니홈피에
겸손을 가르쳐주려는 것도 아니다
지갑 속에 넣어둔 일주일치 로또를 쓰다듬어보는 것은
세계 평화를 위해서도 좋은 일
매번 지는 게임을 또 저질러보듯
폭삭폭삭 늙어가는 자신을 달래는 건 비겁한 일이 아니다
너희도 어른이 되면 당당하게 술을 마실 수 있지만
질풍은 사그라지고, 로또만 남은 사내처럼

겸연쩍게 돌아앉아 손을 가리고 번호를 찍으며

잊지 마라, 바람 속을 헤치고 걸어갈 때, 품 안에 든 로또

군고구마처럼 온 식구가 둘러앉아 까먹어보는 달고 맛있
는 로또

그것은 꿈이 아니면 현실이겠으나

사람은 누구나 낮에 쓰고 다니던 좋은 꿈만을

머리맡에 고이 접어두고 잠드는 것이 아니겠느냐

광어

제 몸이 얇게 저며지고 있는 것을
마지막까지 눈으로 바라보아야 직성이 풀린다는 듯이
광어는 눈 하나 깜빡 안하고 제 몸을 바라본다
생피박리의 징벌로 최후를 맞을 운명이
정해져 있는 거라면
죽음을 똑바로 쳐다보아도 부끄럽지 않을 것이다

퇴근하면 언제나 춥다
밑바닥을 기며 살아온 자의 고단한 하루에
보일러를 돌린다

평생 시장 좌판으로만 기어다니신 할머니를
화장터 가마불 속에 펼쳐놓았을 때
살 속에 가시가 저렇게 많았구나,
나는 할머니의 잘 발린 잠을
하얀 납골 도자기 안에 가만히 뉘어놓고
할머니가 쥐여주던 사과 같은 달을 달게 씹어보았다

광어는 살이 썰린 채 꼬리를 흔든다, 마지막 손인사인 줄 모르고

와하하하, 비웃는 자들도 있겠다

바닥에 몸이 붙어 살았으니 밑바닥 인생이라고

고개를 흔드는 자들도 있겠다

부지런히 살점을 나르는 쇠젓가락들이

텅 빈 접시를 완성해갈 때

한 점, 한 점이 되어보는 광어 한 마리

눈을 감으면 창밖으로

서늘한 자동차 불빛이 찰랑찰랑 해류처럼 흘러다니고

피로가 무거운 수압을 실어 몸을 누른다

달빛이 수북이 무채를 깔아놓은 밤의 접시 위에

잠이 나를 전부 발라먹고 나면

바닥에 남는 한 접시의 뼈가

차가운 노를 내리고

비로소 춥다, 뼛속까지 춥다

비행기가 날아갈 때

하늘을 떠가는 비행기는 심해의 상어 같다
거기엔 사나운 사람들이 창문에 하나씩 달려
땅 아래를 내려다보며 손가락질할 것이다
소라껍데기 같은 건 집이고, 소라게 같은 건 사람이다
나도 꼭 한번 밤에 비행기를 탔을 때
도시는 교회 십자가가 잔뜩 세워진 묘지 같았다
어둠은 날개를 접고 앉아
무심히 도시를 쪼아먹고 있었다
봐라, 저건 공장에서 막 귀가하는 사람들이고
저것들은 단수가 아닌 복수로만 쓰인다,
항공사의 젊은 스튜어디스는 떠난 애인을 생각하며
난기류에 덜컹이는
자신의 바닥에 대해 침묵했을 것이다
동해와 서해를 잠시 접어두었다가 펼쳐보면
어김없이 커다란 해가 지고 있고
그 틈에 꽉 끼어 비행기가 몸을 갈며 날아간다
그리고 현기증,
발밑에서 뭔가가 사람들을 잡아당기고 있는 것이다

공장 하수구에서 깨어난 유령처럼
얼굴에 눈구멍만 뻥 뚫린 사람들이 취한 채 걸어가고
그들의 의지와는 상관없이
발은 착착 땅에 달라붙었다가 떨어진다
봐라, 저건 달이고, 비슷하게 보이지만
저건 사람이고, 저건 사람이 아니다
한번이라도 비행기를 타본 사람은 안다
사람들은 똑같이 검은색이고
비행기가 막 이륙하는 순간이 가장 어지럽고 황홀하다

그림자 개

컴퓨터 화면 속에 들어가 거기 하얀 깔개 위에 누워본다

텔레비전에 내가 나왔으면 정말 좋겠네, 유치원에서 배웠던 노래가

벚꽃처럼 환하게 밝은 봄날

어머니는 전단지 돌리다가 잠시 전봇대에 붙어서 펄럭이며 김밥을 먹고 있을 테고

여동생은 편의점 아르바이트를 하다가 구구단을 잘못 외워서

실업고등학교 졸업장을 잘못 거슬러주고 있겠지

그래픽과 소음과 전류가 폐수처럼 흘러가는 컴퓨터 화면의 전선 속으로

어린시절에 접어보았던 종이배를 띄운다면

띵동, 메일이 도착했습니다, 미국으로 유학간 줄 알았던

워킹홀리데이 하며 밥을 쫄쫄 굶고 있는 친구놈에게까지 흘러갈까

대학을 졸업하고 아무것도 할 일이 없고 혹은 더는 하고 싶은 일이 없을 때

종종 컴퓨터 화면 뒤로 돌아가 케이블을 밤하늘에 연결한다
　별들이 무질서하게 떠 있는 하늘에서 별자리를 읽을 수 있었던 때가
　과연 행복한 시대였을까

　사춘기도 없이 어른이 되어버린 느낌은 아무리 검색해도 안 나온다
　대책없이 대학을 졸업했다는 절망감
　그건 외로움이나 배고픔과 본질적으로 다르다, 그러니까
　잠이나 퍼자라, 늙어가는 어머니의 질타는 항상 옳다

　화면에서 자꾸 짖어대는 광고성 팝업조차 한두 번 잘 쓰다듬어주면 길이 든다
　동생도 잠시 후에 돌아올 테고
　야식으로 통닭이나 한 마리 시켜 먹으면 어느새 아침이 오는 것이다
　먹어야 사는 문제만 빼면 나는 행복한 강아지다

컴퓨터 화면 뒤로 돌아가면 널찍한 마당이 있고 거기 깔린 깔개에 누워

나는 밤하늘에 누가 방금 막 올린 UCC를 보면서 깔깔깔 짖어댄다

하고 싶은 건

······아무것도 없다

안녕, 크리스마스

크리스마스가 사라지고, 어머니와 나는 멜로드라마를 본다

멜로드라마에선 멜론 맛이 난다

올 겨울엔 종묘상에 가서 눈의 씨앗을 사다가 마당에 뿌려야겠다

어린 강아지들이 물지 못하게 재갈을 물리고

늙은 어머니 손엔 비닐하우스 캡을 하나 씌워드려야겠다

어머니와 나의 로망은 펄럭이는 빨래나 풍선을 타고 여행을 가는 것

크리스마스 특집에 나오는 예쁜 외국 아이들처럼

언젠가 크리스마스를 화분에 심어놓고 일년 내내 싹이 트길 기다렸었다

크리스마스가 남중고도에 오를 때

가난한 여자애가 별들을 그릇에 담아놓고 맛있게 먹는 생각을 하는 건

독재자와 싸우는 일보다 위대한 일이어서

나는 그애와 닮은 것들은 죄다 창틀에 심어놓고 관찰했었다

모르고 하느님을 심어놓은 적도 있었다

크리스마스가 영화관에서 상영되는 것이 싫었다

크리스마스가 사람들 카드에 몰래 옮겨지는 것이 싫었다

나는 쿠폰처럼 모아두었던 빛바랜 캐럴을 꺼내어 서랍

속에 넣어둔다

어머니 해소기침이 나아지지 않듯

종묘상에 가서 호랑가시나무를 사오거나 은별들의 종자

를 사오는 이들은

메리 크리스마스, 아주 오래된 인사를 하지만

문 닫은 상점 주인들처럼 천사들은 우리에게 아무것도

팔 것이 없다

어머니와 나는 새로운 주말연속극을 시청한다

새 연속극에 빨리 적응하기 위해선 약간의 관용이 필요

하고

견딜 수 있을 만큼 이웃들과 소음과 소문을 나누어 쓴다

크리스마스를 잊는 것이 좋은 일일까, 그건 잘 모르겠다

눈밭에 혼자 서서 눈사람들의 수화를 따라해본다

어머니처럼 그렇게 나도 또 늙어가고

크리스마스는 이제 우리에게 오지 않는다, 그것은 사실
이다

그리고 멜로드라마는 언제나 슬프고, 웃기고, 조금은 행
복하다

매와 쥐

매가 정지비행하면서 쥐를 내려다본다
쥐는 바닥만 보고 사는 평면적인 생물체
거울이 없는 쥐는 평생 제 몰골을 보지 못한다
쥐뿔도 모르는 쥐의 목숨은 쥐꼬리만하다
쥐가 축낸 곡식과 도적질들을 읽어나가는 매는
쥐의 궁핍과 추위에 대해서는 생략한다
가난은 하늘의 일이 아니므로
준비되었는가, 매는 쥐의 작은 머리통을 응시한다
기권 표시, 포기하겠다는 의사
쥐는 농민들이 쓰던 머릿수건 같다
가족과 동료와 이별할 때 쥐는 그렇게 꼬리를 흔들었다
가볍게 매의 발톱에 붙들린 채
한번도 안 가본 데를 본다, 처음 국외여행을 하는 것이다
감옥 같은 데서 일도 안하고 밥 먹을 수 있는
행운 같은 거라고 생각한다
매는 매년 쥐들을 실어나른다
쥐는 저 아래 저렇게 아찔한 추락이 있는 것을 처음 본다
어차피 쥐는 쥐도 새도 모르게 또 태어나니까

쥐는 형상을 잃어버린다, 국가와 고향을 잃어버린다
빠작빠작 뼈 씹는 소리가 공중에서 흩어진다
매가 바닥을 응시한다
저 아래 쥐들은 일차원적이어서 하늘의 일을 모른다
그리고 쥐는 오늘밤, 낙원에 이를 것이다
쥐들이 이유없이 저렇게 들판에 많이 사는 것은
자원의 분배를 생각한다면 매우 비효율적인 일이라고
매는 코를 킁킁거리며 웃는다
공기에 섞인 피냄새, 찢긴 회색 외투가 바람에 날린다

팽이론

가혹행위가 금지되어 있지만 팽이에겐
체벌이 없으면 섭섭한 노릇이다, 마조히스트로 태어나
피멍 든 어깨에 짐만 지다 가는 일꾼에게 일자리를 빼앗
는 것과 같다
거대한 기계톱이 수종을 알 수 없는 나무를 벨 때 나는
소리는
비 오는 소리 같다, 빗방울이 분수대와 웅덩이에
수천만 개의 팽이가 되어 도는 것이다
흠씬 두들겨맞고 자란 아이는 알 것이다
팽이가 팽이채에 착착 감길 때 코카콜라 먹는 기분처럼
상쾌해지는 것
일꾼들을 잘 부리는 공장장일수록
왜 인부들을 때리면 안되는지, 솔직히 잘 모르겠다고 말
한다
맞는 자와 두들겨패는 자의 목적은 피차 같은 데 있다
별들이 자전을 멈추지 않듯
팽이는 자신의 회전축을 거두어 다른 곳에 옮길 수 없고
채찍을 든 아이가 힘을 다해 팽이를 내려치는 순간만

팽이는 팽이가 되기 때문이다

토성의 아름다운 고리 같은 색깔을 팽이에 그리는

아이의 손은 작고 귀엽고

척추를 평생 하나의 회전축으로 무거운 짐을 싣다가

자신의 닳아빠진 신발끈도 미처 다 못 매고 죽은 일꾼은

어느 별의 까페에 앉아 두 다리 뻗고 콜라를 마실까

인생은 왠지 간지러워 태풍이라도 휘몰아쳐야 하고

무게중심을 최대한 낮은 곳에 둔 늙은 팽이는

그 소용돌이 속에서 돌다가

마침내 더는 두들겨맞지 않아도 되는 바닥을 향해

천천히 몸을 눕혀본다

한국놈들은 무조건 패야 한다던 국사선생 같은 사람에겐

혹시, 쓰러지는 팽이가

그저 팽팽 놀며 꾀나 부리는 '놈팽이'처럼 보일지도 모

르나

팽이를 더 패지 못하게 되는 건 누구에게나 안타까운 일

일을 나가지 못하는 일요일엔 비가 내리고

빗방울들은 끝없이 하수구 속으로 빨려들어간다

자전거를 타고 가다

바퀴를 아예 사주팔자에 달고 태어났군, 점프
조상은 산비둘기고, 나는 함부로 생겨난 산맥들의 튀기
여서
전국을 안 가본 곳이 없지
안 보여도 하늘에선 종일 별들이 돌아가고, 점프
바위틈에 손을 넣으면 임신한 뱀들이
묵직한 배를 돌돌 말아서 산 아래로 굴러가네
길들이 내 몸에서 끝났으면 좋겠는데
아이들은 태어나 호모싸피엔스가 되네
낭떠러지 사이에 뾰족 튀어나온 아버지를 만나면 점프!
처녀 때 벌써 애를 밴 우리 엄마도 점프!
못생긴 누나, 점프, 점프!
산을 타고 넘을 때마다 가로등이 없어서 다행이야
하마터면 나를 긍휼히 여길 뻔했어
길들이 먼지를 뒤집어쓰고 누워 있는 곳에
수레국화는 전쟁터만을 꿈꾸지
내 바퀴는 아버지가 쓰다가 물려주신 전리품
아버지는 왜 기차역을 흉기처럼 품고 다니며 건달이 됐

을까

하지만 생각을 쉬고 싶은 자는

자결을 해야 한다네, 점프!

누가 우리를 이 지독한 바퀴의 궤도에서 구원하랴

피 묻은 달이 나를 뒷골목으로 끌고 가서는

건방진 자식, 어디서 굴러먹던 놈이야, 내 윤회를 물을 때

마다

그렇구나 그래서 고무타이어 타는 냄새가 향기로웠구나

우리집 마당엔 어둠이 자동차처럼 붕붕거리네

아침이 잔뜩 녹이 슬어서 굴러오네

자전거를 타고 가면 발밑을 물고늘어지는 질문들

너는 본관이 어디냐? (점프)

어디로 가고 있느냐? (점프)

넌 누구냐, 널 누구라고 하면 좋겠냐…… 점프, 점프!

바퀴가 길을 감아먹고 나보다 먼저 앞서간다

바퀴가 씨족사회를 건설한 후엔 산 아래로 굴려버린다

오, 마이 갓, 캄캄한 어둠속을 구르며

지구가 돈닷!

차렷, 경례!

교장은 종일 벽시계를 들락거리며 시간을 물어나른다
바늘이 정각에 오면 조회시간이고
자고로 연설을 위해 교장이 되는 것이다
공부 못하는 애들은 연필을 타고 하늘을 날아다니고
그중에도 영세민, 생활보호대상자 애들이 가장 명랑하다
구름을 일렬종대로 조회대 앞으로 모으는 담임들은
이유도 없이 낙천주의자들이다
교장은 인근 마을까지 박수를 받기 위해 마이크를 사용
한다
차렷, 경례, 똑바로 서란 말이야, 똑바로!
신입생은 줄 서는 것이 서툴고
지적장애 여자애들은 유독 생리가 빠른데
전교어린이회장은 잘생기고 씩씩하고 축구도 잘한다
바쁠 게 없다는 것을 잘 아는 교장은
손목시계를 보며 다시, 다시 해, 연신 시간을 잰다
국가로부터 위임받은 시간을 골고루 현명하게 분배하는
것이
교장의 중요한 업무이기 때문에

운동장 플라타너스에 가을이 오게 하는 것도

오직 명령에 의해서만 가능하다

차렷, 경례, 인사를 받으면 교장은 웃는다

팔뚝에 붉은 완장을 찬 화단의 꽃들이 학교 주변을 순시
한다

아이들 머리 위에서 구름이 제멋대로 달아난다

교장은 몇가닥 안 남은 머리를 쓸어넘기며 훈화한다

교육은…… 백년지대계입니다, 우리는 국가를 위해

(국가를 위해) 햇빛은 쨍쨍 빛나고

결손가정 애들은 급식시간에 밥을 가장 많이 먹는다

고향 아주머니

고향 아주머니는 이제 늙었다 몇 개 안 남은 이빨로
어머니와 맛나게 고기를 뜯었다
나는 순식간에 겨울이 가고 말았다는 사실을 잊지 않기
위해
앉지도 서지도 못하고 어정쩡하게 핀 난초잎만 매만졌다
아주머니는 인자한 얼굴로 나를 보고 웃었다
평생 칼국숫집을 하던 분이었다
칼국수에 칼이 들어 있으면 좋겠다는 내 증상을 알던 분
이었다
어머니가 고갯짓을 하셨고 나는 크게 꾸벅 인사를 하였다
마흔두 살 먹은 사내가 할 인사는 아니었다
고향 아주머니가 자식놈들 주라고 만원짜리를 꺼냈다
기나긴 겨울 가고 나니 얼마나 좋으냐고
내가 당황해할까봐 그렇게 묻지는 않았다
몸은 건강하시냐고, 다들 무탈하시냐고, 나는 그저 속으
로만 물었다
홀어머니 밑에서 자라 무슨 끈 하나 풀린 것 같은
나보고 금진아, 금진아, 하는 게 어딘가 쓸쓸하였다

고향은 이제 늙었다, 흰머리가 털모자 사이로 잔뜩 삐져나와 있었다

어디 살든 잘 살고 있으면 되는 거라고 하지만, 지난겨울에 나는 겨우

한글을 막 뗀 아이처럼 남쪽에서 내리는 눈송이 몇개를 읽게 되었다

뜯고 난 닭고기 뼈가 겨우 네댓 개 쌓였고

고향 아주머니는 내일 간다, 너무 멀어서 다신 못 올 것이다

우리가 살면서 또 언제 보겠냐고 어머니와 손을 마주잡았다

어머니도, 고향도, 마치 처음부터 세상에 없었던 것처럼

이불 속에 누워 오지 않는 낮잠을 잤다

나는 적절하고도 옳은 일이라 믿고 싶었다

꿈꾸는 눈사람

1. 열성당원

눈사람들이 산을 넘어와 나를 불러냈다
폭설이 땅을 갈아엎는 겨울로 갑시다
달빛이 고드름처럼 박혀 이마가 시원해지는
우리의 공화국으로 갑시다
접선 장소는 산맥들이 바다로 남파되는 곳
싸락눈이 쓰쓰쓰쓰, 모스 부호를 날리자
속초, 고성, 통천, 나진, 블라디보스토크
코발트빛 이름의 마을들이 공중에 떠올랐다
빛나는 자작나무 가지들이 샛길과 오솔길을 데리고
어둠의 분계선을 넘는 동안
나는 어깨에 걸린 단풍의 시든 견장을 만지면서
마을을 내려다보았다
그날이 어서 왔으면 좋겠어, 폭설이 세상을 덮는 날
나는 막 외치고 다닐 거야,
눈사람 군대들이 온다아, 흰빛들이 온다아

2. 첫사랑

신실한 사람은 얼굴이 하얘지면 장가갈 준비가 된 거다
잘 익은 나를 지휘봉으로 톡톡 건드리면서 목사님은
섹스체위법에 대해서는 한마디도 하지 않는다
얼굴이 하얀 사람은 착해야 하니까
너는 참 점잖구나, 명절 때마다 칭찬하던 가문의 여자들아
아름다움은 공포에서 온단다
성가대원들이 불러주는, 저 들 밖에 한밤중에
망각을 외투처럼 껴입고 기다리는 나의 신부는
내가 이불 속에 만들어놓은 눈사람
나이 많은 장로들이 지팡이를 짚고 나와 할렐루야를 외
칠 때
　내리는 눈을 맛있게 받아먹으며
　나는 깨끗한 남편이 되어야 한다
　가끔 소년시절에 불렀던 유행가를 몽정처럼 눈 위에 뚝
뚝 떨구며
　아멘, 모든 것이 원하는 대로 되었습니다

얼굴이 하얘지면 잘 여문 성기를 감싸쥐고 장가를 가야
한다

3. 눈으로 뭉쳐진 사람들

헐렁한 햇살의 틈마다
호명하는 제 이름을 듣지 못하는 무료급식소 사내들이
햇볕에 몸 맡기고 있다
몸은 어디 가고 머리 허옇게 센 혼령만 남아
삼삼오오 앉아 있다
눈덩이 같은 주먹밥 몇개가 저들을 오래오래 세워놓는다

4. 마흔살

계획은 수정되었고, 과업은 완성되지 못했다
비트를 파고 은신하기로 한다

잡히면 약을 먹는다, 흰 피를 쏟으며

헛된 희망을 경계하라,

불온문서처럼 사방에 뜨거운 햇살이 뿌려질 것이다

자급자족하면서 때를 기다리다가

백화만발 좋은 세상 못 본다고 후회하지 말자

한세상 진짜

사람답게 살고 싶었다

젖

퉁퉁 불어터진 고모의 젖을 대접에 받아
늙은 할아버지가 마셨다, 창밖엔 눈이 그쳤고
고기 한 근 제대로 못 먹던 때였으므로
고모는 연신 쌀죽과 미역국을 마셔가며 젖을 퍼올렸다
혀에 암세포가 꽃 무더기처럼 핀 할아버지는
눈이 그렁그렁한 어린 소처럼 받아먹었다
여자의 젖통을 '밀크박스'라고 농담했던 중학교 동창은
영안실에 누워서
흰 젖처럼 흘러가는 잠 속에 제 어린 몸을 흘려보냈다
그의 늙은 어머니는 백혈병 외아들의 입에
물릴 젖이 없었다
흰 피가 젖처럼 솟았다는 신라의 중 이차돈 역시
그의 어머니에겐 다만 철없는 어린애였을 것이다
아무리 어른이 되어도
몸 안엔 어린애가 들어 있는 것이다
그 밤에 고드름은 유두처럼 처마에 돋았다
할아버지가 끙끙 앓으며 어머니를 찾고 있었다
그리고 삶은 계란 한 판을 혼자 다 드셨다

아무것도 줄 게 없어서 고모는

비닐봉지 같은 젖이 살에 착 달라붙을 때까지 짰다

성경에 예언된 젖과 꿀이 흐르는 땅이 있다면

필사적으로 젖을 핥아먹던 할아버지

그 약속의 땅으로 흘러가셨을까

할아버지 혓바닥에 발아하던 암세포들이

먼 산에다까지 눈꽃을 활짝 피워놓았고

오열하는 고모를 붙잡고서

나뭇가지 같은 어린 조카가 빡빡 입맛을 다시며 울었다

뱀술

추수할 무렵에 뱀은 독이 잔뜩 오른다
누군가 병마개로 꽉 닫아놓은 듯한 하늘
물어죽일 놈이라도 있으면 좋겠다고
일꾼들이 하품을 할 때마다 술냄새가 진동한다
똬리라도 틀고 견뎌야 하는 겨울, 그 컴컴한 집구석엔
식은 몸뚱이들이 서로 얽혀 있다
이를 악물고 밭고랑을 기는 댓가로 일꾼들은 평생
배고픈 배만 남은 뱀이 된다

제 몸에서 흘러나오는 피고름을 맛보는 자세
몸 전체가 하나의 성난 성기가 되어
다들 아가리 닥치라고, 백태 낀 눈알을 부라리며
마침내 한 병의 독주가 된 자세
술로 밑바닥을 기다가 객지에서 혼자 목을 맨 아버지
맞은편에서 기어오는 잔뜩 독 오른 자신을 피하지 못하고
아버지는 콱, 자신을 물어뜯었다
손과 발이 없으므로 빌 수도 없고, 빌고 싶은 것도 없고
막대기와 경멸과 바닥을 온몸으로 받아들인 자세

그렇게 서서 죽고 싶었던 걸까, 뱀술

　인생 막장, 그 막다른 곳에선 시커먼 뱀 한 마리가 기어나
온다
　자면서 이빨을 갈고, 머리엔 뿔이 돋고, 살갗엔 소름이 돋
는 것을
　어린 자식놈은 몰랐으면 좋겠는데
　편두통의 머리를 치켜들고
　어디 한번 해보자고, 덤빌 테면 덤벼보라고, 입을 다물어
도 자꾸 널름거리는 혓바닥
　뱀은 바닥을 기는 배만 남은 동물
　제 꼬리를 물고 꿀꺽꿀꺽 삼키다가 마침내 제 몸을 다 집
어삼키고
　지상의 길마저 끊길 때
　제 몸을 제가 맛보는 유리병 속의 뱀
　유리알 박힌 눈을 번뜩이는 한 마리의 허기

다단계 피라미드 사업을 추천합니다

다단계라는 말 속에 나 있는 계단을 올라가요
계단의 끝엔 피라미드 꼭대기가 보이고, 달이 보이고
피라미드 안에는
평생 황금만 생각하며 눈 깜박이는 미라들이
달고 시원한 보름달을 훔쳐먹어요
서울로 가요, 남산에 뜬 달은 커다란 은쟁반
누군가 쟁반에 한가득 은덩이를 썰어 내온다고 생각해
봐요
지방엔 먹고살 것이 많지 않으니까
겨울엔 종일 팬티를 입고 앉아 혼자 화투를 치고
땡을 잡은 사람을 생각하며 웃는 연습을 해요
발가락이 가려운 오후엔 방바닥이라도 후벼파요
파라오의 황금덩어리라도 발견되었으면 좋겠어요
누런 양은냄비에 끓여온 누런 라면을 먹을 때
황금을 씹으면 이렇게 찰진 맛이 날까요
고진감래의 수많은 계단을 혼자 걸어간 친구는
댓 냥짜리 금별이라도 목에 걸었을까요
혹은 지하 셋방에서 반쯤 미라가 됐을지도 모를

돈뭉치처럼 두 주먹을 움켜쥔 친구여

제발 그 텅 빈 손바닥은 펴 보이지 말아요

피라미드 다단계, 그 높은 계단을 향해 걸어가보면

다이아몬드, 루비, 싸파이어의 고위급 애칭을

메달처럼 주렁주렁 목에 걸게 될지도 몰라요

고생 끝에 낙이 온다잖아요

인내는 쓰나 그 열매는 달다잖아요

도굴범처럼 몽상을 캐고 있는 지하 셋방에서

세상 꼭대기로 통하는 계단까지

적금을 붓듯 차곡차곡 현기증을 쌓아올려요

자고 나면 머리맡에 새로 쌓일 수익금만 암송해요

아무것도 돌아보지 말아요, 달이 환한 밤이잖아요

길에서 길까지

아홉살 땐가, 재가한 엄마를 찾아 가출한 적이 있었다

한번도 와본 적 없는 거리 한복판에서 나는 오줌을 싸고 울었다

그날 이후, 나는 길치가 되기로 결심했다

고등학교 땐 한 여자의 뒤를 따라다녔다

그녀가 사라진 자리에서 막차를 놓치고 대신 잭나이프와 장미 가시를 얻었다

무허가 우리집이 헐리고, 교회 종소리가 공중에서 무너져내리고

나는 골목마다 뻗어나간 길들을 모두 묶어 나무에 밧줄처럼 걸고

거기에 내 가느다란 목을 동여맸다

노랗게 익은 길 하나가 툭, 하고 끊어졌고 나는 어두운 소나무밭에서

어둠의 뿔 끝에 걸린 뾰족한 달을 보았다

대학에 떨어지고 나는 온몸에 이끼가 끼어 여인숙에 누워 있었다

손 안에 마지막까지 쥐고 있던 길 하나를 태워 물었다

미로 속에 쥐를 가두고 어떻게 길을 찾아가는지를 연구하는 실험은

　쥐들의 공포까지는 배려하지 않지만

　눈 내리는 숲속의 막다른 미로에서 내가 본 것은

　얼굴이 하얀 하나님과 술병을 들고 물로 걸어들어간 아버지였다

　폭설과 안개가 번갈아 몰려오는 춘천

　그 토끼굴 같은 자취방을 오가며

　대학을 졸업하면, 나는 아이들에게 길을 가르치는 사람이 되고 싶었다

　은백양숲에선 길을 잃어도 행복했다

　은백양나무 이파리를 펴서 그 위에 빛나는 시를 쓰며

　세상에서 길을 잃었거나, 스스로 길을 유폐시켰던 자들을 나는 그리워했다

　길들을 함부로 곡해했고 변형시켰으며

　그중 어떤 길 하나는 컵에 심은 양파처럼 길게 자라

　달까지 가닿았다, 몇번이고 희망은 희망에 속았다

　달에 들어가 잠시 눈 붙이고 난 어느 늦은 봄날

눈을 떠보니, 마흔이 넘은 사내가 되어 있었다

몇번의 사랑도 있었으나

길에서 나누는 사랑, 그건 길짐승들이나 하는 짓거리였던 것

안녕, 길에서 하는 인사를 나누며

내비게이션으로도 찾아갈 수 없는 절벽을 몇번이고 눈앞에 두었었다

누군가 정해놓은 노선이 사람들을 실어나른다, 그리고

사람들은 체포당한 것처럼 길에 결박된다

풍찬노숙의 삶을 긍정도 부정도 못하고 다시 막차를 놓쳤을 때

나는 알게 되었다, 더는 가고 싶은 길도, 펼쳐보고 싶은 지도도

남아 있지 않다는 것을

이 허무맹랑한 길로 다시 돌아오기까지 마음은 늘 고아와 객지였으니

엄마, 엄마아, 쥐새끼처럼

울고 있던 어린 나에게 따귀라도 올려붙였어야 한 건 아

니었는지

　낡은 담장에 길 하나를 간신히 괴어놓고 서 있던 늙은 벚나무에선

　꽃들이 와르르, 와르르, 무너져내리고

　길을 잃기로 작정한 사람에게 신은 더 많은 길을 잃게 하는 법

　제 몫의 길을 모두 흔들어 떨어버린 늙은 벚나무는 이제 말이 없고

　요람에서 무덤까지, 길에서 길까지

　지상에는 길들이 흘리고 간 흙비가 종일 내리는 것이다

Loser

일류는 아니고 이류는 된다고 믿어봤자 지방 대학을 나
왔고

위대한 업적 따윈 바라지도 않는다고 큰소리쳐봤자

어차피 위대할 수 없다, 그건 출세한 가문의 자제들 몫

소주를 먹고 취해 원룸으로 돌아가는 길

왜 취했는지, 왜 그토록 화를 냈는지는 호적등본에 안 나
온다

백지장도 맞들면 인건비만 나가니까 결혼은 못하고

연속극을 보다가 여주인공이나 생각하며 잠든다

아침마다 변비를 앓으며 읽는 신문은 언제나 남의 일

돈 많고 잘생긴 사람들은 양복을 입고, 고급 승용차를 몰고

신문 톱기사에 등장하여 함부로 꿈꾸지 말라고 훈계한다

출근길과 퇴근길엔 일부러 천천히 걷는다

걷는 건 경범죄가 아니잖습니까

도둑고양이 같은 사내들이 고시원마다 그득하게 박혀

안 보이는 바깥 유리창에 뭐라고 낙서를 할 때

누구나 그 얼굴을 향해 돌을 실컷 던져도 좋다, 여긴 민주
국가고

적어도 실컷 두들겨맞을 자유쯤은 있지 않겠습니까
상류층은 아니지만 중산층은 된다고 믿어봤자
이 바닥에서 한걸음에 뛰어올라가야 할
지하도의 계단은 저렇게 많고
아침이면 또 지각을 할 것이다
매번 늦도록 시계가 잘못 맞추어진 게 아니라면
도저히 따라잡을 수 없는 속도로 지하철은 달리는데
아무에게나 시비를 걸고 싶다, 흠씬 두들겨맞았으면 좋
겠다
다진 고기처럼 바닥에 몸이 눌어붙는
일요일이면 교회에 가서 목이 터져라 찬송을 부른다
그래도 다행이라고 믿어봤자 다, 다, 소용없다

나는 날아올랐다

구멍가게 우리집은 구멍이 숭숭 뚫려 있고
그 구멍을 아무리 엿봐도 먹을 건 물컹한 고구마밖에 없고
일생 고구마나 먹으면서
팝송을 듣고, 기타를 치고, 가출한 엄마를 생각할 순 없다
굶은 새들은 깡충깡충 들판을 뛰며 사나운 이빨이 돋는다
atmosphere, 영어 단어를 외우다가 사전을 뒤지면
너는 우리집 앞길에 붉게 밑줄을 그으며 지나가고 있다
수건으로 유리창을 닦듯이 혓바닥으로
네가 다니는 길을 맑게 닦아놓으면 누가 칭찬해주나
늙은 할머니를 꺾어다 네가 다니는 교회에 바치기도 했
지만
내 방은 너무 환해서 캄캄한 바깥이 보이지 않으니
눈먼 하나님은 자꾸 나를 근심하였다
구멍가게 지붕을 이불처럼 덮어쓰고 앉아
외상값을 안 낸 사람들과
글씨를 못 읽는 조부모가 손으로 꼽아 계산하는
아버지 기일에 대해 내가 왜 모든 책임을 져야 하는지
술꾼들이 늙은 할머니 가슴을 더듬는 구멍가게

그 문구멍으로 나는 너를 배웠다

커다란 십자가 귀고리를 한 네 언니와

밤마다 추운 교회 바닥에서 흐느끼는 네 착한 오빠

슬퍼하는 자에게는 복이 있다지만

일생 받을 복을 슬픔으로 다 환산해서 받아먹은 사람들은

크리스마스 저녁이면

너널너덜한 미역다발이나 끓여먹어야 한다

구멍가게는 구멍과 가계(家系)로 나누어지는데

우리집 가계는 전부 구멍뿐이고

함부로 날뛰는 길들을 다 줄로 묶어 데리고

저기, 모퉁이를 돌아 어둠을 휘날리며 걸어오는 너

사랑한다, 사랑하지 않는다, 사랑한다, 사랑하지 않는다

눈송이에 달린 흰 이파리를 똑똑 따내면서

atmosphere, 나는 영어책을 타고 교회당 종탑까지 날아
올랐다

하나님이 배고픈 나를 귀여워하셔서

눈이 녹아 더러워진 크리스마스를 내 입에 잔뜩 넣어주
셨다

아아, 그렇습니다, 모든 게 다 사랑이지만
그러나, 사랑은 늘 아무데도 없습니다

서울에서 살아남기
대학 새내기들을 위하여

사람들과 통성명을 할 때

돌아와서 후회하지 않으려면 일단 무조건 거만해야 한다

엔젤이라고 발음하는 너의 콩글리시에는 천사가 살지 않
는다

서울에 천사가 있다면 그건 CCTV일 것이다

아르바이트를 마치고 자취방으로 돌아가는 늦은 밤엔

최대한 예쁘게 포즈를 잡아도 좋다, CCTV가 너를 지킨다

젊어 고생은 사서 하는 것인가, 그렇다

고생은 가치있는 것인가, 아니다

항복, 할복, 무엇이 행복을 위해 더 명예롭고 윤리적인가

학교를 그만둔다 해도 나무랄 사람은 시골에 계신 부모
님뿐이고

잉여인간, 너 같은 애들은 값싼 정부미처럼 창고에 넘친다

교양시간에 배운 플라톤을 성공한 사회사업가라고 말해
도 좋다

서울에 개나리가 지천으로 핀다고 해서

그게 백합과인지 나리꽃과인지를 고민하는 것은 난센스

아프면 전기장판 깔고, 아스피린 따위의 값싼 약이나 먹

고 자라

전기요금은 늙고 병든 네 부모의 몫이니까 마음껏 쓰고

성적 욕망이라고 부르기엔 왠지 거룩한 연애 감정이

가스 배관선을 타고 도둑놈처럼 방문을 두드릴 때

다 줘버려도 괜찮다고 생각한다면 인생 한방에 간다

무조건 거만해야 한다

거만하지 않으면 자신만 거만하지 않은 사람이 되는 것

이다

항복, 할복, 모든 선택은 성적순이며

지하철역에서 무장공비처럼 누워 자는 사내들도 한때는

전투적으로 국가 교육과정을 이수한 자들

황달이 든 너의 얼굴과

고향에 지천으로 피던 민들레꽃이 심리적으로 일치할 때

결핍을 상징하는 그 노란색이 아지랑이처럼 자꾸 어른거

릴 때

게임 오버, 넌 끝난 거다

서울시내 CCTV는 일만팔천 대

너 같은 애들은 하루에도 수없이 녹화되고, 재생되고, 지

워진다

　대학은 나와야 사람 구실 한다고, 네 늙은 아비는 울었
지만

　빚쟁이로 시작해서 베짱이로 끝나는 대학

　열심히 공부해라, 열심히 하다 보면

　더 열심히 해야 하는 일만 산더미처럼 쌓이게 될 것이다

　입학과 동시에 심각하게 휴학을 고민한 지도 벌써 여러 날

　울지 마라, 비로소 너도 서울의 시민이다

편견에 빠진 나무의 성장과정

주머니칼을 들고 나무에 올라 애인의 이름을 새겼다
분노하는 아버지의 목소리가 몸에 털이 되어 돋았다
구름이 벗은 몸으로 창가에 와서 떠나지 않고
칠년을 더 살았다
나무가 세포분열하여 나에게 어린 애인을 낳아주었지만
아버지는 사생아를 부끄러워했다
쟤가 걔야? 맞아, 쟤가 그애야,
오랜 시간이 지나고 더이상 꺼내어 먹을 추억이 없을 때
제겐 아주 오래 씹어먹을 수 있는 죄책감이 있어요, 나는
길게 자라는 손가락을 잘근잘근 깨물며 울었다
아버지가 나 대신 나무에 성기를 예쁘게 달아주었다
나무가 뻐딱한 자세로 나를 내려다보았다
복날에 검둥개가 매달렸고, 돌에 맞아 죽은 뱀이 걸렸고
그만 자신을 위해 자비를 베풀라고
밤마다 나무가 등 다독였지만
나는 나무가 사람의 말로 이야기하는 것이 무서웠다
애인이 먹구름 속에서 소용돌이치며 깔깔 웃어댔다
행인들은 귀를 틀어막고 빠른 걸음으로 귀가했다

마을 사람들은 나무를 베어 재앙을 없애야 한다고 했다
주머니칼로 새겨진 애인의 형상이 차츰 나무에서 내려와
어느날은 우리집 안방에 앉아 아버지 노릇을 했다
미친놈, 미친놈, 나무가 나를 계몽하는 소릴 들었지만
그건 언제나 내 목소리와 똑같아서 믿을 수가 없었다
쟤가 개야? 어머나, 어쩐지, 어쩐지……
그렇게 세상이 잔뜩 기울어져갔다

도서관은 없다

도서관 의자들이 모두 반란군처럼 밖으로 뛰쳐나가고
의자를 잃어버린 사람들은
도서관 의자들과 한바탕 시가전을 벌이고 있다
실업의 인간들이여 투항하라
실업은 도서관장님이 해결할 몫이 아니다
세상은 봄이어서 개나리가 피고, 진달래가 피고
수능필살기, 만점9급공무원, 부동산중개 등등의 책들이
공중에 날아올라서는
화르르, 책 속의 글씨들을 네이팜탄처럼 터뜨리고
집에 가라, 집에 가서 차라리
아직 웃음의 흔적기관을 자극할 만화책이나 봐라
벚꽃잎이 낙하산을 타고 도서관 마당을 점령하는데
오늘날 인류가 실용서적을 내기 위해 나무를 벤 것 말고
뭐가 있나
모헨조다로, 하라파 같은 고대도시들이
도서관 벽장 속으로 사라지고 있고
여긴 글렀어요, 다음에 만나면 나의 돈 많은 신랑이 되어
주세요
도서관 사서는 의자에 깊이 몸을 눕힌 채

아득히 먼 문명이 되어버린 첫사랑 애인을 생각한다
침묵의 언어를 젊은 나이에 터득한 사서가
이 전쟁의 주모자는 아니다
사람들 귓구멍을 꽉 틀어막은 이어폰에선 음악이 줄줄줄
샌다
벗나무 꽃들이 피워놓은 화형장으로
폭삭 늙어버린 젊은이들이 끌려나간다
실업, 실업의 시대
연애편지 따위의 글을 가지고는 어떤 기적도 일어나지
않는다
도서관장님은 말씀하신다
당신들은 모두 포위되었다, 투항하라, 오늘은 벚꽃이 피
는 날
벚꽃이 보시기에 부끄럽지도 않은가
당장 아지랑이 속에서 증발하는 햇빛 한 장씩 읽고 오라
도서관 의자들이 모두 달아나 허공에 둥둥 떠 있고
이러지도 저러지도 못하는 오후의 태양이 사람들을 내려
다본다

소설의 발생

별과 별이 봉화처럼 연결되어 별자리를 만들고
어둠의 보이지 않는 샛길까지 환하게 잇고자 했던
지혜로운 여행자들의 지도가
훗날 소설의 기원을 이루었을 것이다
누가 처음 이 외딴곳에 와서 들꽃과 바람을 읽고
거기에 밑줄을 긋고
제 살과 뼈로 써내려간 집 한 채를 지었을까
화순 최씨 집성촌이 있다는
외딴 마을 어딘가를 내가 헤매고 있었을 때
그 후손들 중 하나가 연줄처럼 아득히 풀려나가
바람 부는 허공을 헤매고 있을 때
땡감처럼 매달린 별 몇개로도 제 아비를 읽는 밤
하늘과 땅은 책의 앞뒤 표지처럼 맞물려 있고
깨알 같은 인간의 이야기는 거기서 만들어진다
아버지의 무모한 여행담이
훗날 더 먼 데까지 나갔다 올 아들의 지도가 되듯
나 또한 오래오래 들려줄
뼈까지 닳은 내 역마를 생각했다

인간은 어떤 식으로든 희망을 읽어야 한다고
내 나이 무렵을 견디지 못하고 죽은 아버지를
나는 책망하듯 그리워했다, 그리고
근처 어딘가에 화순 최씨 집성촌이 있다는
불 꺼진 밤하늘을 펼쳐놓고 나는 몇번이고
어둠이 만든 행간의 의미를 되풀이해서 읽었다

늪 가이드

늪이 언제부터 마을에서 지주 노릇을 했는지는 아무도
모른다

메탄가스가 픽픽 푸른 싹을 틔우는 늪의 영지에서

사람들은 한 해 소출로 거둔 무덤들을 늪 근처에 갖다바
친다

이곳이 당신의 출생지라는 사실을 도시에선 늘 잊고 살
았지만

늪의 유전자를 안고 태어난 사람들은

그 반경이 선사시대에 닿아 있고

마을 전체가 늪의 숨구멍이란 사실을 알고 있다

연꽃이 혓바닥을 내밀어 늪을 애무하는 공생관계처럼

황소개구리들이 하품을 할 때마다 노인들도 따라 웃고

늪에선 연신 거품들이 생겼다간 터지고

마을의 아기들은 모두 그때 태어난다

당신도 늪 축제가 열리던 그해 여름 질퍽한 모친의 자궁
에서 태어났다

나선형의 집을 등에 지고

평생 거처를 옮겨다니는 늙은 우렁이들은 현명하다

늪 위에 집을 짓는 자들이라니

도시에서 집을 가져보지 못한 당신은 이제야 깨닫는다

안개는 젖은 휴지처럼 풀려나가 잠든 사람들의 코를 닦고

늪에 매어둔 빈 배는 움직이지 않는다

부들부들 떠는 부들과 갈 데까지 간 갈대가 몸서리를 친다

연신 꾸루룩거리며 늪은 뭔가를 소화하고 있다

거대한 입을 가진 메기와 가물치는 이곳 특산물이다

마을은 조금씩 침강하고 늪은 사람들 이마까지 융기한다

늪의 경작지는 구들장에까지 이르며

늪의 영지를 방문하기 위해선

종일 엎드려 일하는 그의 소작농들처럼 경의를 표해야
한다

도시에서 십년 만에 낙향하는 당신

매연과 콜타르와 석유 냄새가 몸에 밴 당신

환영한다, 그토록 떠나고 싶었던 늪으로 당신은 돌아온
것이다

독신녀의 쇼핑 이야기

남자를 사야겠어
비염을 앓는 남자, 수상한 냄새를 못 맡는
뚱뚱하고 볼품없고 재고품 속에 섞여 있는 남자
딱딱하게 냉동된 그런 남자를 카트에 담아
삼개월 카드 할부로 사고 싶어
퇴근하고 돌아와
냉동실에서 한 서너 시간 두었다가 꺼내면
영문도 모르고 훌쩍훌쩍 울면서 두리번거리겠지
플라스틱 젖꼭지라도 물려주면 금세
눈알이 녹아내리는 남자
뼈와 살이 흐물흐물 물러지는 남자
헐값에 덤으로도 얻을 수 있는
그 남자 속의 담백한 우울함을 우려내어
이혼하고 입맛을 잃은 엄마에게도 한솥 끓여줘야겠어
안구건조증이 있는 남자, 눈을 똑바로 못 쳐다보고
커다란 귀가 잔뜩 늘어진 남자
한 발짝도 제 힘으론 못 걸어나가는 남자
그런 남자를 사야겠어

탁탁 칼로 잘라 담아놓고 조금씩 꺼내

고수레 고수레, 동서남북 텅 빈 공간에 나누어주고

남자의 열등한 씨를 배는 것도 좋겠지

하루마다, 이틀마다 서둘러 출산을 해서

배고플 때마다 늘 혼자였던 사람들에게 입양시키면

외로움이 얼마나 캄캄한 어둠이었는지

그 남자의 아기들이 아장아장 걸을 때마다

행복이 얼마나 서글픈 것인지

알게 될까, 손톱이 길고 예쁜 남자

험한 일을 못하고 피둥피둥 게으름이 전재산인 남자

냉동고 속에서 꽁꽁 얼어붙은 남자

그런 남자를 사야겠어

지겨운,

병신 같은,

뼛국물을 우려내는 일 말고는 도무지 쓸데가 없는

머리카락 농사

밥에서, 책에서, 품에서 머리카락이 나오네
모르고 삼켰으면 몸을 서너 바퀴 동여맬 밧줄로 자랐을까
일생 빠지는 머리카락으론 신을 하나 엮을 수도 있을 텐데
배냇저고리를 지어줄 수도 있을 텐데
왜 사람은 문지방에 머리통을 올려놓고 누우면 안되나
나침반처럼 북쪽으로만 도는 내 잠버릇을
할머니는 왜 똑바로 돌려놓을 수 없었나
머리카락을 뿌리처럼 땅에 심고 자라는 죽음
내가 눕는 데마다 빠져 돌아다니는 머리카락을 들고서
나는 머리카락의 전생과 후생을 생각하네
을미년 의병들이 머리카락을 자르지 않으려고 싸운 이
유와
두엄더미 같은 데다 머리카락을 버리지 않는 이유와
젯밥에 들어가면 뱀으로 보인다는
그 신기한 머리카락을 생각하네
머리카락은 왜 머리에서 돋아나나
왜 죽어 살이 문드러져도 기다랗게 뿌리를 뻗어가나
사랑하는 사람에게 머리카락으로 신을 삼아준 어느 귀부

인의 전설이

　새록새록 귓속에서 자라면

　내 후손들은 동방예의지국을 찾아 길 떠나겠네

　머리카락이 긴 포승줄이 되어 일생을 끌고 다니겠네

　내 머리카락은 북방계, 가는 직모형

　가르마는 시계방향으로 나 있는데

　그 길을 따라가면

　누가 내 머리카락 밭둑에 심어놓고 나를 재배하고 있을까

　어이, 새참 먹고 가게, 누가 한 양푼 머리카락을 비벼놓았

을까

　쌀밥에서 나온 머리카락들이 논에 가득하고

　우리집 사람들은 올해 풍년이 들겠네

　아아, 그러고 보면 사람들은 누구나

　한 마지기 머리카락 농사를 짓다가 가는 것이네

변종인간들의 최후

바람 좀 나눠주세요, 눈으로만 핥고 돌려드릴게요
내년엔 땅굴이라도 파고 들어갈게요
쪽방 노인들은 제 뼈다귀를 늘어놓고 식히고 있어요
울어야 할 상황이라면 울 수 있게라도 해주세요
공용세면장 수도꼭지들은 졸졸 녹물을 흘려요
쉬어터진 두부 같은 약간의 그늘이라도 있으면
아이들은 우르르 몰려가 식중독처럼 벌건 욕설을 게워
내요
옷을 벗어도 몸에서부터 무더위가 돋는 태생이라서요
동전만한 숨을 꽉 물고서 아껴가며 삼키고 있어요
오백원짜리 아이스크림값도 안되는
사람들은 간장종지 같은 방 안에 담겨 밥을 먹어요
여기도 사람 살아요, 제발 쓰레기는 버리지 말아요
아기처럼 잉잉 울어도 흠이 되지 않는 날은 갔어요
삼십년을 독거하면서 이렇게 지독한 더위는 처음이에요
이깟 더위와 싸우다 죽어야 하다니요
쪽방이 다닥다닥 몸을 맞댄 사이로 땀띠처럼 별이 돋는
저녁

졸아든 액자 속에는 검은 가족사진이

가죽만 남은 채 파삭파삭 부서지고 있어요

손이 발이 되게 부채질해도 모자란 그런 죄가 있는 걸까요

바람에 대한 바람직한 분배 방법은 없는 건가요

이자를 쳐서 갚을 순 없지만 바람 좀 잠시 돌려쓰면 안될

까요

동경 127도, 북위 37.5도

살려주세요, 여긴 대한민국 수도 서울이에요

엘리베이터 사용법

엘리베이터가 건물 층층을 환한 눈으로 훑고 다닌다

사각의 커다란 입을 벌리고 음식물 냄새, 향수 냄새를 토한다

나이 든 사람들은 보다 위쪽으로 자리를 옮기기 위해 명함을 판다

그러니까 명함은 종이로 만든 엘리베이터

까마득한 계단을 앞에 둔 사람들을 위해 엘리베이터는 항시 대기한다

오래 살기 위해 게을러진 사람은 무겁다

삐이, 소리가 나면 그는 제 무게를 창피해하며 밖으로 물러선다

선택과 배제는 사람들의 몫이 아니다

대신 높이와 깊이에 공포증이 있는 사람은 이를 악문다

걱정 마시라, 당신은 너무도 가볍다

딩동, 엘리베이터 문이 열렸다 닫히면 여자들은 출산을 하고

아이들은 금세 부모의 어깨를 집어타고 성숙해진다

올 봄에도 엘리베이터는 노인 몇을 지하 공동묘지에 내

려놓았다

필요한 사람은 창밖의 봄을 마음껏 쓰고 돌려주지 않아
도 된다

엘리베이터는 야박한 세금징수원이 아니다

당신의 집은 허공에 있고, 엘리베이터엔 거울이 있다

거울은 한쪽으로 기울어진 당신의 고개를 읽어낸다

당신은 웃어도 좋다, 엘리베이터가 지켜보고 있다

사람들이 건물의 최상층을 선호하는 이유는

그곳에 엘리베이터의 부화 둥지가 있을 것 같기 때문이다

집들이 하늘로 올라가는 엘리베이터엔 4층이 없다

쇠줄에 대롱대롱 달린 한 칸의 방으로 당신이 퇴근을 하
고 있을 때

기대지 마시오,란 주의표지가 당신의 전신에 붙어 있다

엘리베이터의 해석과 판단을 무조건 존중해야 한다

딩동, 인큐베이터가 열리듯

사람들이 양수처럼 쏟아져나오는 밤이다

범우주적으로 쓸쓸하다

퇴근하면서 하늘을 본다
뭇별들을 암흑에 매달아놓은 하느님의 거대 비행선이
나한테, 이리 올라오너라, 하신다면
이 착한 짐승은
돈밖에, 집밖에, 먹고사는 것밖에 모르는 이 착한 짐승은
네, 알겠어요, 하고 하늘로 확 올라갈 것인데
아무 일도 일어나지 않는 이상한 날들
나는 어쩌다 태어나고 떠돌다가 여기에 뿌리를 박았나
꿈에 유에프오들만 잔뜩 몰려와서
우리집 묵정밭을 휘 둘러보고 가는데
뿌려놓은 씨앗을 거두러 올 것처럼 말세만
거리의 전단지에 내려왔다 가는데
퇴근하면 다시 출근이 기다리는 집에 나는 왜 돌아가나
바람이 암호처럼 창문을 두드리고
천사들이 눈알을 부라리며 나를 찾기라도 한다면
이놈, 아직도 거기서 뭐 하는 게냐, 이렇게 찾기라도 해준
다면
얼마나 고마운 일인가, 얼마나 대견한 일인가

퇴근하면서 술도 한잔 걸쳤으니
하늘을 보면
우리 어머니가 깨뜨린 웬 접시들이 저리도 풍년인가
와라, 와서 다 신고 가라
우리집 마당도, 발바리도, 빨랫줄도, 요강도 다 줄 테니
우주의 아랫목에 이불을 덮어쓰고 앉아
달 뒤편에 있다는 불 켜진 외계인 기지나 바라볼까
너네들은 무슨 재미로 사나,
너네들도 죄책감이 있나,
멀리서 커브를 그리며 몰려오는 유에프오들과 어울려
딱 한잔만 더 하고 갈까
블랙홀 속에, 동그란 상자 안에, 또 그 상자의 상자 안에
새빨간 장미성운과 말대가리성운이 구슬처럼 달그락거
리는
어둠의 주머니 안에, 부처님 손바닥 안에
흔들리는 가로등 아래
나는 비틀거리며 오줌을 눈다

나는 만화책이다

내 나이 열아홉에
순정만화 여주인공의 벗은 몸과
천로역정 만화판에 나오는 천국과 지옥을 두루 통달했다
스무살엔 교육대학에서 페스탈로찌를 패스하고
춥고 배고픈 자취방 이불 속에서 판타지를 넘어섰으니
다른 어떤 책보다도 나는 만화책을 사랑하게 되었다

그중에서도 내가 가장 열등감을 갖고 좋아한 것이 코믹
인데
  그건 유탕 처리된 라면처럼 상할 염려가 없고
  우리 엄마 말씀처럼
  불공평한 세상을 너그럽게 사는 '유머'의 교본이기도 하
니까
  듣거라, 불감증에 빠진 세상의 모든 연인들아
  잠들기 전에 벌써 내일을 걱정하는 우울한 가장들아
  누구나 하나쯤 성경처럼 머리맡에 두고 암송할 유머를
기억해두거라
  평생 과부로 살다가 지금도 과부로 사는

우리 엄마 말씀이니라

　요절한 아버지는 가끔 거울을 보다가 미친 듯이 웃기도
했다는데
　그것은 진실로 삶을 비웃는 자의 통쾌한 풍자는 아닐지
라도
　스스로 웃으면서 물로 걸어들어간 자의
　힘센 표정이 아니겠는가
　사랑스럽고 눈물나게 열등한 바로 그 얼굴이
　인생의 전편과 후편에 매번 등장할 수밖에 없는
　아비의 얼굴이고, 어미의 얼굴이고 또한
　바로 자신의 모습이라는 것을
　뒤늦은 사랑처럼 뜬금없이 직장을 때려치우고서야 깨
달았다

　혼자 돌아서는 어두운 골목 끝에서
　세상 가장 무서운 공허와 마주치는 사람아
　서둘러 다음 페이지를 넘겨놓고

뻔한 결말과 대면할 때
냄새나고 누런 네 입에
웃음을 가르쳐라, 웃음이 가장 맛있다
야간 노동자인 달이 따라 웃는다
배고픈 공장 유리창들이 입을 덜컹거리며 웃는다

그러므로 듣거라
누구든 자신을 즐겨 읽지 않는 자는 벌이 천 배!
웃지 않는 자는 벌이 만 배로다!

오래된 그릇

누가 깨우지도 않는데 자꾸 저절로 눈이 떠진다
창밖엔 눈이 오는지 희미하게 몰려오는 한기
두리번거리며 방 안을 둘러본다
누런 벽지, 문짝이 떨어져 삐걱거리는 장롱, 땀냄새 나는
베개
어제까지의 일들을 고스란히 인수인계하는
까닭 모를 삶의 의지가 눈송이처럼 날아와 쌓이는 동안
나는 하나의 텅 빈 그릇을 생각한다
내가 누운 셋방, 얇은 여름 이불, 잠옷이랄 것도 없는 추
리닝
그리고 이 모든 것을 껴입은 사람 형상의 몸
나는 이런 것들의 그릇에 담겨
공중을 헤매다 온 눈송이 같은 내 혼백의 깃털이
아주 조금 따스하다고 생각하는 것이다
머리맡 물그릇은 차갑게 식어 있고
저온으로 맞춘 보일러가 돌듯 심장이 뛰는 소리
할머니가 새벽 군불을 지피면
굴뚝을 타고 파랗게 하늘에 스며들던 연기처럼

흩어지는 입김

고개를 옆으로 돌려보면

내가 흘려놓은 잠꼬대, 몸속을 흘러다니던 사소한 꿈들

생각해보면 별것도 아닌 오늘의 근심들을

체온으로 살살 녹여가며 나는 한숨을 쉰다

창밖엔 눈이 내리고 있을 것이고

지상의 우묵한 그릇에 쌓여오는 하루의 시간들

밥상엔 어제 먹다 만 찬과 밥이 식어 있고

마흔이 되면서 문득 늙어버린 내 손을 가만히 쓰다듬어
보면

밥그릇에 걸쳐진 오래된 수저 한 벌 같다

내 첫 생일상에 밥과 국을 따뜻하게 올려놓고선

너는 커서 이러이러한 사람이 되어야 한다고

가여운 눈으로 나를 그렁그렁 바라보았을 아버지 생각이
나는

이 텅 빈 새벽에

만물은 각각 그 오래고 낡은 제 그릇에 담긴 채

길고 긴 겨울밤을 나고 있다

마당 한쪽에 있는 찌그러진 개밥그릇에도 조용히 눈은
내리고

돼지감자를 캐다

아버지 성묘하고 돌아가는 길에서
노란 꽃을 입에 피워 문 돼지감자 한 떼를 만났네
씩씩거리며 길을 막고 선 뿌리의 힘은 완강했네
땅속에서 안 보이는 누군가와
힘을 겨루고 있다는 생각이 들었네
탐스런 햇빛이나 따서 먹이며
돼지감자를 치는 자의 표정이 궁금했네
둥근 웅성거림이 뿌리마다 달려나왔네
킁킁 내 하얀 손의 냄새를 맡아대며, 돼지감자
아직 다 소화되지 못한 흙을 입가에 묻힌 채
탐욕스럽게 햇빛을 핥아먹고 있었네
무서운 굶주림이었네
뽑힌 뿌리들이 깔고 앉아 있던
어둡고 축축한 구멍이 드러났네
끌끌끌, 누군가 그 속에서 혀 차는 소리 들려왔네
손톱 밑에 밴 흙에서 비릿한 냄새가 났네
땅속을 뜯어먹고 있던
살진 돼지감자 한 무리를 만나

길을 놓고 힘을 겨루는 동안

길들은 이미 인가로 달려가고 없었네

잘 여문 아버지가 발밑에서 자꾸 꿈틀거렸네

돼지감자를 한입 베어물었지만

우는 돼지감자를 목구멍에 차마 넘기지 못하였네

누가 내 이름을 불렀고

나는 두려워서 내 이름을 알아듣지 못하였네

땅속에 숨은 돼지감자는 토실토실 잘도 여물었네

동물농장을 읽는 밤

너는 거기에 묶여서 육성으로 선언문을 읽고 있었다
노간주나무 코뚜레를 지하철 손잡이마냥 걸치고서
칸칸의 축사를 운행하는 소 울음소리에
졸립고 고단한 생애를 묶어두고 있었다
꺼내달라고 말할 발언권이 네겐 허락되지 않았다
그것이 너의 나라였으므로
여물이 근로수당으로 주어지고
자가발전으로 돌아가는 네 육체의 빈 건물들에 대해선
어떤 세금도 매길 수 없어서
아침 일찍 도축업자는 아직 덜 익은 네 눈동자를 보고 돌
아갔다
너는 슬픔이 없구나, 목에 걸린
방울을 통행증처럼 차고서 국경을 넘듯
풀밭에서 축사로 돌아오던 네게
어떤 현대식 자장가를 불러줄까 생각했었다
잘 먹고 잘 자는 것만이 의료보험료를 안 내는 길이니까
컨베이어벨트가 나눠주는 안내서를 따라가면
눈알조차 없는 너의 동무들이 공중에 실려다닌다

패배의 무게를 모르는 저울은

다만 헐값을 위해 육체를 흥정한다

해방, 해체와 같은 잔뜩 기울어진 낱말들의 경사면에서

너도 언젠가 도끼나 칼이 휘두르는 죽음을 정면으로 맞
게 될 것이다

한 손엔 고삐를, 한 손엔 사료를 들고 있는

이 끔찍한 킬링필드의 주인은 왕도 주교도 아니다

이 좋은 세상, 너는 왜 울려고만 하는가

농장 주인은 네 친구들을 위해 심리상담사를 고용하진
않는다

가축들을 위한 수면제는 앞으로도 개발되지 않는다

너는 고개를 숙이고 아주 조그맣게

해방가를 부르고 있었다

그건 장송곡이 아니어서 음정은 자꾸 틀리고, 너는

내일도 풀밭에 나가 종일 질긴 풀을 뜯고 돌아와야 한다

저기 뿔 없는 나방들이 텅 빈 불빛을 향해 깨진 머리를
들이밀듯이

남쪽 여행

눈보라에 갇힌 매가 낫처럼 생긴 날개로 바람을 쳐내며
날았다
　날뛰는 자동차의 엔진소리를 와이퍼로 닦아내며
　나는 오래전에 이미 아버지를 내다버린 적이 있었다
　뒤를 돌아보지 마시오,라고 씌어 있는 이정표를 따라
　갈 데 없는 갈대들이 남쪽의 옛 무덤들을 지키고 있었다
　화주승들이 눈보라 속을 걸어왔다
　눈송이들의 입적을 거느리고
　소나무들은 산속으로 더 깊이 걸어가고
　추위에 떠는 바람들이
아무데서나 머리를 풀어헤치고 나타나 소리를 지르며 사
라졌다
　아버지는 끝내 덜컹거리지 않았다
　사는 것이 왜 이렇게 부끄러운 건지 물어본 적은 없었다
　자동차의 핸들은 자꾸 어떤 길을 고집하는 것 같았다
　고기를 다 뜯어먹지 못한 겨울 까마귀들이 폭설 속에 떠
다녔다
　먼 항구에 신발처럼 떠 있는 작은 선박들은

바로 어제쯤 잃어버린 제 항로를 생각했고

나는 품속에서 알약을 꺼내 한 줌 씹어먹었다

견뎌야 하는 이유가 도무지 생각나지 않을 때

주머니 속 두 주먹은 퍼렇게 얼어 있었다

마른 잡풀 속으로 놀라 달아나는 산꿩

여기다, 여기다, 바람에 날리면서 멀어지는 미친 길들이 손짓을 하고

아버지가 차 트렁크를 열고 밖으로 나와

여기쯤에서 당신을 묻어달라고 삽과 곡괭이를 꺼낼 때

붉은 장삼자락을 펄럭이며 동백꽃 속으로 걸어들어가던 중들이

내가 모르는 지명을 자꾸 묻고 있었다

이제 그만 가도 된다, 아버지는 나를 돌려세우고

나는 반쯤 묻은 아버지를 캐내었다가는 다시 묻고, 묻고

괜찮지…… 그렇지, 아버지?

하늘에선 깨진 눈송이들이 자꾸 쏟아져내렸다

꽃들은 구멍을 가꾼다

꽃들의 아랫도리는 위에 달려 있고
밤마다 먹구름 뒤집어쓴 달이
얼마나 여물었나, 창가에 플래시를 들이댈 때
오므렸다 다무는 할머니 입은
즐겁게 벌렁거린다

할머니를 떠났던 사내들은
날벌레처럼 아주 작은 날개를 달고
할머니 벌어진 꿈속으로 귀향하고
무엇이 우스운지 잠꼬대를 하신다
할머니 지팡이가 날마다 짚고 다니던 꿈의 밑바닥은
구멍 숭숭 뚫린 모래밭, 추억은 물빠짐이 좋다

구멍 달린 것들은
축축한 기공을 열어 자신의 모성을 공기에 섞는다
안에 감추고 있던 어둠을 밖으로 까뒤집으며
단내를 풍긴다
빨랫줄에 널린 텅 빈 할머니 속옷들도

비누냄새를 풍긴다
내 옷도 그 빨랫줄에 걸려 있었다

도로변 화단에서 풀을 매는 여자들처럼
꽃들은 앉아서 오줌을 눈다
잘 여문 길들이 흘러간다
아버지가 꽃상여를 타고 그 길을 지나갔고
나는 화단의 꽃을 몰래 뽑아 집에 가져온 적이 있다
할머니가 웃었다
꽃들도 웃었다

할머니는 주무시면서
벌린 가랑이 사이로 땀냄새 나는 꽃들을 쏟아낸다

구례 어딘가를 지나가는 나의 잠

잠이 산수유꽃 같은 등불을 몸에 켜놓는다
나는 섬진강변 구례 어디쯤
꿀벌들이 오물오물 꿀물을 씹는 봄 햇볕 아래를 지나고
있을까
잠엔 자동항법장치가 있고, 내 육신은
기지개를 켜고 일어나 이런, 너무 늦었군, 화를 내고 있
을까
거리엔 온통 잠들이 바퀴에 사람들을 얹고 배달 다닌다
식기 전에 마시는 잠은 우유를 넣은 홍차처럼
인생을 느슨하고 부드럽게 해준다
어떤 사람의 잠은 다 식어 하얗게 응고된 촛농처럼
그의 머리맡에 떨어져 쌓인다
그는 불 꺼진 삶을 살았다는 걸 뒤늦게 깨달을 것이다
완벽한 잠을 원하는 사람은 현실도피자가 아니다
초저녁, 달이 이브닝드레스를 입고
가느다란 팔을 창틀에 걸치고 앉아 지구를 바라본다
그 곁에 나란히 기대어 몇벌의 잠을 더 갈아입어도 좋다
깨지기 쉬움, 취급주의, 흰 장갑을 낀 사람들이

나를 안아 마차에 싣는다

잠은 구례 화엄사 석등 앞에 날 내려놓을 수도 있고

떠내려간 신발을 잃고 울던 유년의 모래톱에 내려놓을
수도 있다

잠은 신이 인간에게 선물하는 작은 위로

작년에 죽은 친구가

병원 뜰에 벌써 매화가 피었다고 불평을 하며 내 옆에 눕
는다

사람들은 자신의 늑골에 아치형 뼈대를 세워 잠을 보관
하고

잠은 출렁이는 한 동이의 항아리에 담긴다

강변 돌멩이에 고인 돌의 무늬와

잠든 아기 손에 새겨진 물결의 무늬는 서로 닮았다

나는 황혼녘 말조개처럼 강물에 떠서 어디를 항해하는가

그리고 때마침 비가 내리는가

양비둘기마냥 젖은 깃털 속에 머리를 묻고 있는가

화엄사 저 아래 더듬이처럼 불을 켜든 사람들의 집이

길을 따라 마을로 흘러가고

뚝뚝 처마 끝에 흘러내리는 잠이

창밖 목련나무 가지에 하얗게 돋아난다

사람들은 누구나 한번쯤 초저녁잠에서 깨어

여기가 어딘가, 고개를 두리번거리며 황망히 운다

오래된 그릇은 저절로 금이 가고

인간은 거기 담긴 한 국자의 검은 물처럼 쏟아져 대지에

스민다

물줄기가 산 아래로 흘러가 마을의 잠을 이루는 저녁

미농지처럼 얇은 잠 사이로

산수유꽃이 피어 있는 게 보인다

나는 눈을 감고도 환한 구례 어디쯤을 지나고 있는가

내 귀에서 어린 은어떼가 조각조각 꿈을 물어뜯고 있는가

누가 내 잠을 석회처럼 하얗게 강물에 풀어내고 있는가

발끝까지 환하다, 화안하다

존재론적 바닥의 묵시(默示)

유성호

최금진의 첫시집 『새들의 역사』(창비 2007)에서 "밖으로
비어져나온 생의 이 냉막함"(김사인, 추천사)을 읽고 "가난의
체험과 불행한 가족사적 내력"(이경수, 해설)을 발견했을 때
만 해도, 우리 시단은 비루하고 가난했던 생을 견디면서 그
러한 삶이 편재적으로 관철되는 한 시대를 반영하려는 한
명의 리얼리즘 시인을 맞아들이는 듯했다. 그만큼 그의 첫
시집은, 고통 아닌 것이 없는 말로써 "밑바닥을 산"(「잠수
함」) 사람들의 삶을 철저한 경험적 직접성으로 보여준 바 있
다. 그 안에서는 스스로 겪은 성장통의 예민한 감각은 물론,
가난했던 가족사에 대한 가감없는 묘사와 재현이 사실적으
로 이루어졌다. 하지만 그의 시적 발원지임이 틀림없는 '가
난'의 경험과 증언이 최금진 시의 최종 과녁은 아니었다.
오히려 그는 이러한 불구와 결핍의 개인사를 통해 인간의

존재론적 '바닥'을 암시적으로 표상함으로써 불가항력적 운명과 싸우고 패배하는 일련의 과정을 보편화해 보여주려 했기 때문이다.

이번에 펴내는 두번째 시집『황금을 찾아서』에서도 최금진은 가난, 불행, 결핍의 경험적 얼룩과 비명, 자책, 망상 등의 정서적 반응을 충실하게 이어가면서, 여전히 인간의 존재론을 '바닥'의 표상으로 곳곳에서 은유한다. 그의 시에 나오는 수많은 비루한 인물들은 그가 옴짝달싹할 수 없는 깊은 상처의 근원이지만, 그는 그러한 삶에서 연원한 '숫기 없음'을 자신을 둘러싸고 있는 사람들에 대한 다양한 염인벽(厭人癖)으로 숱하게 변형한다. 이토록 오롯한 인간에 대한 배타적 원근법이 바로 최금진 시를 여느 시인의 성장 시편과 구분하는 확연한 지표일 것이다. 그래서 이 자발적 이방인의 시에는, 지나간 삶의 어느 한순간도 그립지 않다는 표면 진술과 그 너머 어떤 울림으로 존재하는 근원적 삶에 대한 심층 소망이 역동적으로 교차하고 끝내는 결속한다. 그 점에서 최금진의 두번째 시집은 첫시집에서 노래한 '새들의 역사'를 더 정교한 기억으로 되살리면서, 존재론적 '바닥'의 묵시(黙示)를 더 깊은 자의식으로 노래하는 세계로 우리에게 다가온다 할 것이다.

먼저 시집을 개괄해보면, 단형 서정의 형식과 감상 침잠의 내용이 전혀 없음을 알 수 있다. 그만큼 그의 시편들은 일정한 길이 안에 사람살이의 구체적 내러티브를 온축한다. 대체로 시인들의 사유와 감각 속에 잠겨 있는 '원체험(原體驗)'은 그들의 언어와 생각에 지속적으로 영향을 끼치게 마련이다. 이때 시인들은 원체험을 부단히 변형하고 거기에 파생 경험을 부가하면서 자기동일성을 획득해간다. 원체험이 여러 기억의 실마리를 통해 변형되면서 다양한 내러티브를 만들어내는 것은 바로 이 때문이다. 우리가 이번 시집을 통해 우선적으로 만나는 것은, 이처럼 오랜 기억 속에 머물러 있는 원체험의 기원(origin)이자 내상(內傷)과 자의식 가득한 최금진만의 둘도 없는 성장서사이다. 시인은 그 서사를 '소설'로 은유한다.

화순 최씨 집성촌이 있다는
외딴 마을 어딘가를 내가 헤매고 있었을 때
그 후손들 중 하나가 연줄처럼 아득히 풀려나가
바람 부는 허공을 헤매고 있을 때
땡감처럼 매달린 별 몇개로도 제 아비를 읽는 밤
하늘과 땅은 책의 앞뒤 표지처럼 맞물려 있고
깨알 같은 인간의 이야기는 거기서 만들어진다
아버지의 무모한 여행담이
훗날 더 먼 데까지 나갔다 올 아들의 지도가 되듯
나 또한 오래오래 들려줄

뼈까지 닳은 내 역마를 생각했다

인간은 어떤 식으로든 희망을 읽어야 한다고

내 나이 무렵을 견디지 못하고 죽은 아버지를

나는 책망하듯 그리워했다, 그리고

근처 어딘가에 화순 최씨 집성촌이 있다는

불 꺼진 밤하늘을 펼쳐놓고 나는 몇번이고

어둠이 만든 행간의 의미를 되풀이해서 읽었다

—「소설의 발생」 부분

　일찍이 루카치(G. Lukács)는 "별이 빛나는 창공을 보고, 갈 수가 있고 또 가야만 하는 길의 지도를 읽을 수 있던 시대는 얼마나 행복했던가"라는 비유적 표현을 통해 전체성이 살아 있던 한 시대를 상상하고 암시한 바 있다. 그 지혜로운 여행자가 그렸던 지도가 아마도 소설의 기원을 이루었을 것이다. 마찬가지로 이 시편에서 누가 처음으로 외딴 마을에 와서 읽고 긋고 써내려간 '집 한 채'는 바로 소설 그 자체일 것이다. "화순 최씨 집성촌"의 서사가 담긴 그 기록은, 시의 화자가 황망하게 헤매고 있을 때 별빛을 통해 아비를 읽고, 하늘과 땅이 책 표지처럼 맞물려 있음을 발견하고, 인간의 이야기가 만들어지는 순간을 만나는 때를 담았을 것이다. 연이어 아버지의 여행담이 아들의 지도로 나타나고, 그 지도를 따라 화자는 죽은 아버지를 그리워하며 인간의 역설적 희망과 어둠이 만든 행간의 의미를 읽어간다. 그때 제목에 나오는 '소설'은 시인 자신의 성장 내력을 담은 서사를 함의하게 된다. 이번 시집은 그렇게 발생한 '소설'의 줄기와 세목을 다양한 문양으로 수놓는 과정에 바쳐진다. 그것은 "늪의 유전자를 안고 태어난 사람들"(「늪 가이드」)의 "아주 오래 씹어먹을 수 있는 죄책감"(「편견에 빠진 나무의 성장과정」)의 표백과정과도 고스란히 겹친다.

폭설과 안개가 번갈아 몰려오는 춘천
그 토끼굴 같은 자취방을 오가며
대학을 졸업하면, 나는 아이들에게 길을 가르치는 사람이 되고 싶었다
은백양숲에선 길을 잃어도 행복했다
은백양나무 이파리를 펴서 그 위에 빛나는 시를 쓰며
세상에서 길을 잃었거나, 스스로 길을 유폐시켰던 자들을 나는 그리워했다
길들을 함부로 곡해했고 변형시켰으며
그중 어떤 길 하나는 컵에 심은 양파처럼 길게 자라
달까지 가닿았다, 몇번이고 희망은 희망에 속았다
달에 들어가 잠시 눈 붙이고 난 어느 늦은 봄날
눈을 떠보니, 마흔이 넘은 사내가 되어 있었다
(…)

풍찬노숙의 삶을 긍정도 부정도 못하고 다시 막차를
놓쳤을 때

　　나는 알게 되었다, 더는 가고 싶은 길도, 펼쳐보고 싶은
지도도

　　남아 있지 않다는 것을

　　이 허무맹랑한 길로 다시 돌아오기까지 마음은 늘 고
아와 객지였으니

　　엄마, 엄마아, 쥐새끼처럼

　　울고 있던 어린 나에게 따귀라도 올려붙였어야 한 건
아니었는지

　　낡은 담장에 길 하나를 간신히 괴어놓고 서 있던 늙은
벚나무에선

　　꽃들이 와르르, 와르르, 무너져내리고

　　길을 잃기로 작정한 사람에게 신은 더 많은 길을 잃게
하는 법

　　제 몫의 길을 모두 흔들어 떨어버린 늙은 벚나무는 이
제 말이 없고

　　요람에서 무덤까지, 길에서 길까지

　　지상에는 길들이 흘리고 간 흙비가 종일 내리는 것이다
　　　　　　　　　　　　　　　　　　　──「길에서 길까지」 부분

폭설과 안개의 도시 춘천에서의 대학시절, 학교와 자취

방을 오가면서 졸업과 교육자의 길을 꿈꾸었던 시절, 그 '길'을 가르치고 싶어 스스로는 '길'을 잃었어도 행복했던 시절, 화자는 빛나는 시를 쓰면서 '길'을 잃었거나 유폐시켰던 자들을 내내 그리워했다. 그러면서 스스로는 '길'을 곡해하고 변형하기도 하고 희망에 속기도 하면서 홀연 "마흔이 넘은 사내"가 되어버렸다. 그 오랜 풍찬노숙의 삶을 지나 "더는 가고 싶은 길도, 펼쳐보고 싶은 지도도" 남지 않았다는 사실에 이르러 그는 "늘 고아와 객지"였던 시간을 죄책감으로 회한으로 새삼 떠올려본다. 그래서 오래전부터 "낡은 담장에 길 하나를 간신히 괴어놓고 서 있던 늙은 벚나무"에서 꽃들이 무너져내리는 걸 바라보면서, '길'을 더 많이 잃게 한 신(神)을 뒤로하면서, 흙비가 내리는 "길에서 길까지"를 처연하게 응시하고 있다. 이처럼 '길'의 은유는 "밑바닥을 기며 살아온 자"(「광어」)의 존재론을 암시하면서 "어머니도, 고향도, 마치 처음부터 세상에 없었던 것처럼"(「고향 아주머니」) 살아온 시인의 남루한 나날을 함축하고 상징한다.

은율, 재령, 남아프리카공화국 그리고 엘도라도를 생각하면
우리집 마당도 금 뿌리 가득한 어느 만석꾼의 밭인 것만 같다

그러면 식탁에 달랑 올라온 김치와 밥으로 때우는 저
녁상도

푸짐한 금빛으로 넘치고

내 이름의 '金'자도 왠지 거부(巨富)의 돌림자 같기만
하고

설핏 든 잠은 스페인 사람들이 믿었던 엘도라도로의
통로라는 생각

(…)

나에게도 금광이 있으면 좋겠다

금지옥엽 길러서 금의환향하는 자식 생각과

적어도 금전 걱정은 없어야겠다는 새해의 새로운 각오
를 파묻어둘

토요일마다 로또방을 기웃거리지 않아도 좋을

은율, 재령, 남아프리카공화국 그리고 엘도라도

감나무에 걸리는 햇살, 그 아래로 사금이 줄줄 흘러내
릴 것 같은

벽에다 똥칠을 해놓고, 이게 다 금이다, 넋을 놓아버린

할머니는 행복한 연금술사

일생에서 한번만 더 길몽을 만난다면 나도 아버지처럼
노름이나 배울까

금값이 올랐다는 뉴스를 보면 억울하고 또 반갑다

내일은 토요일, 복권은 여덟시까지 팔고, 일주일은 그

렇게 그냥 가고

　저녁별들은 황금빛을 쩔렁거리며 빛난다

　　　　　　　　　　　—「황금을 찾아서」 부분

　우리 시대의 폭력적 에토스인 '황금'에 패배한 자들을,
최금진은 "질풍은 사그라지고, 로또만 남은 사내"(「소년들을
위한 충고」), "평생 황금만 생각하며 눈 깜박이는 미라들"(「다
단계 피라미드 사업을 추천합니다」), "돈밖에, 집밖에, 먹고사는
것밖에 모르는 이 착한 짐승"(「범우주적으로 쓸쓸하다」)들로 형
상화한다. 이 무력하고 착하고 자기집착적인 인물들은 도
처에서 '황금'에 의해 상처받고 고무받고 끝내는 절망한다.
황금을 찾아나선 여정은 화자의 성장사와 그대로 등가의
중량을 가진다. 황금으로 유명한 지명들을 떠올리며 화자
는, 집 마당에도 금이 가득하고 가난한 식탁도 금빛으로 넘
치며 자기 이름에 들어간 '金'자에도 부(富)의 암시가 들어
있을 것만 같은 환각을 떠올린다. 잠을 자면서도 황금으로
통하는 길목을 상상하고, 금에 관한 꿈을 왕관처럼 썼다가
벗으며, "오래된 금에 대한 몽상"을 이어간다. 이러한 환각
과 몽상이 적어도 그의 생존방식을 유지해온 것이다. 그 순
간 '금광/금지옥엽/금의환향/금전'이라는 '금'자 돌림 언
어유희가 펼쳐지면서, 햇살이 사금이 되어 흘러내릴 것 같
은 환상과 할머니의 환각, 그리고 금값이 올랐다는 뉴스 등

이 이어진다. 저녁별들이 황금빛을 쩔렁거리며 빛나는 마지막 풍경은 황금을 찾아 살아온 화자의 내력이 한 시대의 "유령처럼"(「비행기가 날아갈 때」) 살아온 궤적임을 선연하게 증언한다.

이렇게 그의 성장사를 수놓은 '소설-길-황금'이라는 상징적 키워드의 흐름은 그 자체로 "흠씬 두들겨맞고 자란 아이"(「팽이론」)가 "평생 과부로 살다가 지금도 과부로 사는/우리 엄마"와 "요절한 아버지"(「나는 만화책이다」)와 결별하고, "빚쟁이로 시작해서 베짱이로 끝나는 대학"(「서울에서 살아남기」)을 졸업하고, "죽은 자들의 염려와 근심이 만든 물활론"(「머리카락 종교」)을 넘어 "이 끔찍한 킬링필드"(「동물농장을 읽는 밤」)를 건너온 시간의 기록이라 할 것이다. 이처럼 그는 가족에 대한 끔찍한 기억을 놓지 않고 성장사의 세목을 여전히 망각하지 않는다. "구멍가게는 구멍과 가계(家系)로 나누어지는데/우리집 가계는 전부 구멍뿐"(「나는 날아올랐다」)이라는 참담한 기억은 여전히, 더 강렬하게, 최근진 시의 호환할 수 없는 발생론이자 인식론이 되고 있는 셈이다.

또한 이번 시집에는 산꿩, 늑대, 개, 뱀, 쥐, 닭, 바퀴, 애벌레 등 병들었거나 갇혔거나 죽어가는 짐승(벌레)의 형상이 우의적(寓意的) 모습을 띤 채 가득 등장하는데, 그 형상은 일차적으로는 시인과 그 가족을 비유하는 것이지만, 점차적으로 다른 곳을 향해 확장해가기도 한다. 그것은 고통의 기원을 지나 시인 특유의 시선으로 가닿은 타자들의 형상이다. 고통의 기원이 고통의 실상으로 번져간 경우이다.

동네를 떠나는 사람들이 탈탈 긁어 보여준 보상금은
탄화된 볍씨 몇개였다
몽둥이나 돌멩이 같은 가장 원시적인 도구들이 무기로
사용되어도
괜찮을까요, 구청과 경찰과 용역회사는 빙그레 웃었다
값도 안 나가는 골동품의 가치를 따질 필요는 없었을
것이다
오직 부서지기 위해, 박살나기 위해
쓸모없는 질그릇 몇개가 옹기종기 양지바른 곳에 놓여
있었다
그것이 흙덩인지, 사람인지, 토우인지 전혀 구별이 되
지 않았다고
처음 불을 던졌던 사람은 그렇게 생각한 듯했다
유력한 한 정치가는
TV에 나와 헛기침을 하며 자꾸 손으로 입을 가렸다
불구덩이에 앉아 방화로 추정되는 불을 끝내 견뎌야
했던 사람들 몸엔
함부로 빗살무늬가 새겨져 있었다
채찍자국이었다, 그것이 자신에게 가한 것이었든 신의

징벌이었든

　　그해 겨울, 깨진 질그릇 조각들이 밤하늘 가득 별로 떴고
　　그것을 만든 자가 비록 옹기장이였다 해도
　　옹기를 깨뜨리는 것은 월권이었다
　　지금은 사라진 한 원시부족의 일이지만 말이다
　　　　　　　　　　　　　　──「빗살무늬토기를 생각하다」 부분

　철거민들의 삶을 담은 이 시편은, 최금진 시학의 준거나 지향이 재귀적 구조로 이루어지지 않고 확산과 파상의 문법을 가지고 있음을 알려준다. 탄화된 볍씨에 비유된 보상금, 원시적 무기, 구청과 경찰과 용역회사의 웃음 등은 여전히 사회로부터 "값도 안 나가는 골동품" 취급을 받는 이들의 삶을 환기한다. 부서지고 박살나기 위해 "쓸모없는 질그릇"으로 존재하던 그들의 삶은 '빗살무늬토기'로 은유되면서 양지바른 곳에 '흙덩이/사람/토우'의 형상으로 남아 있다. 그 빗살무늬는 다름아닌 폭력적 "채찍자국"이었는데, 채찍에 깨진 질그릇 조각들이 밤하늘에 별로 뜨는 순간은, 그것이 흔히 '옹기장이'로 비유되곤 하는 신(神)의 징벌이었다 할지라도, 신의 월권에서 비롯한 인간 비극의 역상(逆像)이었던 것이다. 화자는 이 이야기가 "지금은 사라진 한 원시부족의 일"이라고 짐짓 말하지만, 우리는 그것이 여전히, 지금은 사라진 줄 알았던, '지금 여기'의 일임을 암시받

게 된다. 그렇게 "바닥만 보고 사는 평면적인 생물체"(「매와 쥐」)와도 같은 삶을, "해고, 실업, 복수 따위의 낱말들을 타고 다니"(「바퀴라는 이름의 벌레」)는 삶을, "바닥에서 한걸음에 뛰어올라가야 할/지하도의 계단"(「Loser」)이 가파르기 짝이 없는 삶을 최금진은 정성들여 관찰하고 재현한다. 그런데 그 경사진 삶에서 조금 느슨하게 비켜서며 자신의 혹독한 기억들과 환하게 만나는 장면도 시집 안에 농울친다.

화엄사 저 아래 더듬이처럼 불을 켜든 사람들의 집이
길을 따라 마을로 흘러가고
뚝뚝 처마 끝에 흘러내리는 잠이
창밖 목련나무 가지에 하얗게 돋아난다
사람들은 누구나 한번쯤 초저녁잠에서 깨어
여기가 어딘가, 고개를 두리번거리며 황망히 운다
오래된 그릇은 저절로 금이 가고
인간은 거기 담긴 한 국자의 검은 물처럼 쏟아져 대지
에 스민다
물줄기가 산 아래로 흘러가 마을의 잠을 이루는 저녁
미농지처럼 얇은 잠 사이로
산수유꽃이 피어 있는 게 보인다
나는 눈을 감고도 환한 구례 어디쯤을 지나고 있는가
내 귀에서 어린 은어떼가 조각조각 꿈을 물어뜯고 있

는가
　누가 내 잠을 석회처럼 하얗게 강물에 풀어내고 있는가
　발끝까지 환하다, 화안하다
　　　　　　　　　　　　―「구례 어딘가를 지나가는 나의 잠」 부분

　구례 화엄사 아래 "사람들의 집"이 불을 켜들고 있다. 그 집 처마 끝에 흘러내리는 '잠'이 돋아나는 초저녁, 자연의 순리처럼 오래된 그릇은 금이 가고 사람들은 거기 담긴 물처럼 쏟아져 대지에 스민다. 그 물줄기가 산 아래로 흘러가 마을의 '잠'을 이룰 때, 화자는 환하게, 아주 화안하게 "누가 내 잠을 석회처럼 하얗게 강물에 풀어내고 있는" 환각의 순간을 경험한다. 바로 이 순간은 모질고 고통스러운 삶을 이어온 시인에게, "둥근 울타리들이 만드는 경계의 바깥"(「최후의 늑대」)에서 "누구를 만나도 반갑지 않"(「분지」)게 살아온 시인에게 잠시나마, 정말 환한 충동으로, 어린 은어떼와 하얀 잠이 가득한 역설적인 희망의 순간을 불러오는 듯하다.

　지금까지 우리가 읽어왔듯이, 최금진의 시편은 지나온 삶에 냉연하고도 실감있는 관찰과 기억, '황금'의 기율이 지배하는 세상에서 상처받은 '빗살무늬'로 살아가는 이들에 대한 증언과 재현을 통해 존재론적 바닥의 묵시를 강렬

한 핍진성으로 흘려보내고 있다. 여기서 우리는 그 묵시의 일관성과 지속성과 하염없는 진정성이, 저 창공의 별처럼, 어린 은어떼처럼, 은백양숲에서 쓰던 빛나는 시처럼, 이제는 바닥을 치고 올라와 환하게 우리를 적셔가기를 소망해 보는 것이다.

柳成浩 | 문학평론가

시를 배신할 모반의 계획은 번번이 수포로 돌아가고
대책도 없이 두번째 시집을 낸다.

혼자 이삿짐을 싸던 때가 있었는데
그 밤의 막막함이 자꾸 떠올랐다.

몸이 견딜 수 있는 데까지 정신도 견뎠다고 생각한다.

또 이렇게 가보는 것이다.
싸들고 온 너절한 삶의 흔적들을 다시 풀어놓으며

시여, 미안하다……

2011년 10월
최금진

창비시선 336

황금을 찾아서

초판 1쇄 발행 / 2011년 10월 25일
초판 2쇄 발행 / 2013년 11월 11일

지은이 / 최금진
펴낸이 / 강일우
책임편집 / 전성이
펴낸곳 / (주)창비
등록 / 1986년 8월 5일 제85호
주소 / 413-120 경기도 파주시 회동길 184
전화 / 031-955-3333
팩시밀리 / 영업 031-955-3399 편집 031-955-3400
홈페이지 / www.changbi.com
전자우편 / lit@changbi.com

ⓒ 최금진 2011
ISBN 978-89-364-2336-0 03810